1日10分のごほうび

NHK国際放送が選んだ日本の名作

赤川次郎 江國香織 角田光代
田丸雅智 中島京子 原田マハ
森浩美 吉本ばなな

双葉文庫

1日10分のごほうび

NHK国際放送が選んだ日本の名作

1日10分のごほうび　NHK国際放送が選んだ日本の名作

もくじ

仕事始め

便利な結婚

代筆

赤川次郎

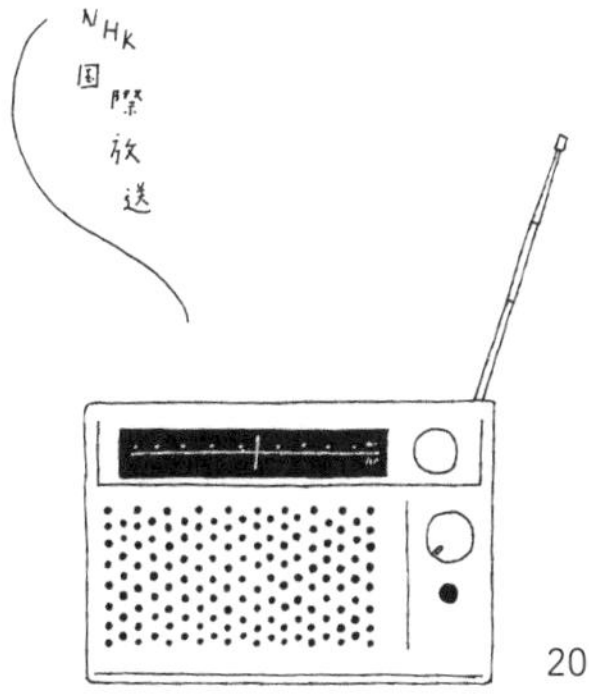

2016年1月23・30日初回放送

赤川次郎（あかがわ じろう）

1948年福岡県生まれ。76年「幽霊列車」でオール讀物推理小説新人賞を受賞しデビュー。80年『悪妻に捧げるレクイエム』で角川小説賞、2006年に日本ミステリー文学大賞、16年『東京零年』で吉川英治文学賞を受賞。主な著書に「三毛猫ホームズ」「三姉妹探偵団」「幽霊」「杉原爽香」「天使と悪魔」「鼠」シリーズや、『夢から醒めた夢』『セーラー服と機関銃』『ふたり』『悪夢に架ける橋』など。

仕事始め

【著者のひとりごと】

僕の勤めていた会社の「仕事始め」は一月四日――

しかし、その日は、ただ記念撮影をして帰るだけだった。

女性たちは年に一度の振袖《ふりそで》姿。呑気《のんき》な、「良き時代」だったのかもしれない……。

＊

――また、明日から仕事か。

私は、狭苦しいアパートの部屋で、ごろ寝をしながら呟《つぶや》いた。

正月休みなんて、本当にアッという間に過ぎてしまう。特に女の身での独り暮し、故郷に帰るだけのお金も惜しまなくてはならないような経済状態では、どこかへ遊びに行くといっても、映画でも見に行くのがせいぜいだ。

でも、実際は、今日までの六日間、ほとんどどこにも出ずに——食事を作るのも面倒なので、近くのファミレスで済ませて——テレビばっかり見ていた。

「下らない番組ね」

と、文句を言いながら見ているのだから世話はない。

かくて今日は一月三日というわけである。

明日起きるのが辛《つら》いなあ、と私はユーウツな気分で考えた。——そこへ、玄関のブザーが鳴る。

誰だろう?　出てみて目を疑った。

「お母さん!」

両手一杯、荷物をかかえた我が母が、息を切らしながら立っていたのである。

「——お父さんがね、たまには娘の無事な顔でも見て来いって」

母は、そう言って、のんびりお茶をすすった。

「それなら、もっと早く来りゃいいのに!」

と私は言った。「もう明日から、会社が始まっちゃうのよ」

「分ってるよ。だから今日、急いで出て来たのさ」

「どういうこと?」

「頼んどいたのに、仕上りが遅れちゃってね」

と、母は、大きな荷物を解き始めた。

「お前、美容院にすぐ行っといで」

「今は高いのよ。——何なの、それ?」

「お父さんがね、お前も仕事始めの日に、いつも洋服じゃ可哀そうだって。一度くらいこういう格好もしてみたかろうって言ってね……。ほら! どうだい?」

私は唖然《あぜん》として、母が手品でもするかのように取り出して見せた振袖を、眺めていた……。


——困ったことになった。

母の寝顔を眺めて、私はため息をついた。

「タイミングが悪いのよね……」

確かに去年までは、私の勤めていた会社では、仕事始めの日、たいていの女の子が振袖姿だった。

お昼ごろ出社して、全員でビルの屋上に出て記念写真を撮って、その日は終り。実際の仕事は翌日からだった。

そう毎年は帰郷しなくなってから、元気でいるところを見せるために、その写真を送ってやっていたのだが、父や母には、華やかな振袖姿に交って、我が子が一人、パッとしないワンピース姿で写っているのが、何とも哀れに思えたのに違いない。

その気持は良く分るし、胸が熱くなるほど嬉しい。私だって――振袖を着られる年齢の内に、一度ぐらい着てみたいと思っていなかったわけではない。

ただ、私のお給料ではとても買うわけにいかないし、父や母にしても、生活が楽でないことは分っていた。

その暮しの中で、この振袖を買い、帯やら何やら、一通り揃えるのに、どれだけ苦労しただろうか、と思うと、胸が一杯になるほどありがたかった。

しかし――実のところ、去年の暮から会社も不景気で、何度も「危い」と囁《ささや》かれて来た。ボーナスも、ほとんど出ず、給料もカット。年が明けても、状況が好転する望みは薄かった。

年末の仕事納めの日、社長は全社員を集めて、訓辞を垂れた。――今こそ気持を引き締めて、仕事に没頭しなくては展望はひらけない、というわけだ。

そして、明年は、一月四日から直ちに平常の勤務に入る。例年のような悠長なことをしてはおられん。――と、こういう演説をぶったのだった。

もちろん、明日、振袖を着て来る子なんて、一人もいないだろう。朝もいつも通りの出勤だ。美容院に寄ってる暇なんか、ないのである。

でも、そう言ったら、母はどう思うだろう？　父は？

いや、とてもそんなことは言えなかった！

といって――私一人がお昼ごろになって、ノコノコと出社したら……。

「参ったなあ」

私は、頭をかかえて呟いた。

皮肉なくらいの上天気だった。

「――行っといで、本当にきれいだよ！」

母の嬉しそうな声を背に、アパートを出る。

そう。――結局、私はお昼近くになって、振袖姿で出社することになったのである。課長に叱《しか》られようと、社長に怒鳴られようと、父と母の気持を拒むことはできなかった。

「ま、いいか。怒られたら、そのときはそのときだ」

と、自分へ言い聞かせるように呟く。

途中、電車の中などでは、同じ振袖姿の女性を何人か見かけたが、以前より少なくなっているようだ。やはり不景気なのだろうか。

足取り重く、会社のビルまでやって来た。ふと見上げると、屋上の金網越しに、こっちを見下ろしている人影がある。――誰かしら？　今日は屋上での記念撮影はないはずだけど。

ビルの中に入って、エレベーターが降りて来るのを待つ。――扉が開くと、私は青くなった。社長が立っていたのだ。

「あ――あの、明けましておめでとうございます！」

と、私はあわてて頭を下げた。

もう六十近い、すっかり頭の禿《は》げ上った社長はジロリと私の格好を見て、

「何のつもりだ、それは？」

と言った。

「はい、あの――」

「年末に言ったことを忘れたのか！」

「申し訳ありません」

私は、でも黙って謝っていることはできなかった。「実は、故郷の母が急に上京して来ましてー―」

と、事情を説明し、

「着て来てはいけないと分っていたのですけど、母を悲しませたくなかったんです」

と、もう一度頭を下げた。

社長は、しばらく黙って私を見ていた。――怒鳴られるのを覚悟で、私は待っていた。

「そうか」

社長は、びっくりするほど穏やかな声で言った。「いいご両親だな」

戸惑っている私を促《うなが》して、社長はエレベーターで上のオフィスへ上った。

「——どうしたんですか?」

私は、空っぽの事務所を見回して、唖然としていた。

「倒産したのさ」

と、社長は言った。「もう、ここには何もないし、誰もいない」

「潰《つぶ》れたんですか……」

ポカンとしている私を残して、社長はちょっと出て行ったと思うと、すぐにカメラと三脚を持って戻ってきた。

「さあ! せっかくの晴着だ。屋上で記念撮影をしよう!」

「え?」

「このカメラは、私個人のものなんだ。さあ、行こう」

何だかよく分らなかったけど、ともかく屋上に上ると、私は社長と二人で、セルフタイマーを使って、記念撮影をした。

「——写真もなしじゃ、ご両親ががっかりするよ」

社長は、見たこともないほど、穏やかな笑顔になっている。

「ありがとうございました」

「いや、礼を言うのは、私の方だ」

と、社長は言った。「さっき、私はここへ来た。――飛び降りようと思ったんだ」

「社長さん……」

「すると、君がやって来るのが見えた。――君の話を聞いて、目が覚めたような気がする。私にも娘がいるんだ。もう一度やり直してみよう」

「それがいいですわ」

私は肯《うなず》いた。「お手伝いします!」

「ありがとう」

社長は私の肩を叩いた。「もう一枚撮るか。――今日は、私の『仕事始め』だ」

「はい!」

私は力強く答えた。

便利な結婚

【著者のひとりごと】

サラリーマンにとって、「結婚」というのは仕事の一部である。

別に重役の娘を狙うとか、そんなことでなくても、仲人《なこうど》を誰に頼むか、披露宴には、誰と誰を呼ぶか……。そこにはサラリーマンとしての立場が、微妙に係ってくるものなのだ。

*

「いやになっちゃうわねえ、もう」

と、沢沼芳子《さわぬまよしこ》がため息をついた。

「まったくだね」

と、三原《みはら》は言った。「もうこれで何年間、三日以上の休みを取ってないかなあ」

「何十年、って気がするわ」

沢沼芳子は、ちょっと大げさに言った。

しかし、正直なところ、三原の方も、似たような気分だった。

忙しい状態が当り前になって、もう何年にもなる。しかし、いい加減疲れてきた。

ともかく、昼休みもろくに取れないのだ。十五分ぐらいで、ソバをかっこむと、急いで会社へ戻る。必ず、取引先から何本も電話が入っているからだった。

こんな風に、沢沼芳子と三原が、一緒にお茶を飲んでいられるのは、珍しく仕事で外出し、その途中だったからである。

「一週間ぐらい、ポカッと休んでみたいもんね」

と、芳子は言った。

「停年までに、そんなことができるかな」

と、三原は半ば真面目に言った。

二人とも、もう社内ではかなりの古顔で、互いに共鳴するところが多かった。年齢も三十代後半、共に独身。

一番、こき使われやすい立場なのである。

もちろん、会社が、社員四、五十人の中規模な企業で、しかも不況とあって、色々と無理を忍ばなくてはならないのは事実だったが、もっともその無理が集中するのが、この二人だった。

「誰からも文句を言われずに、一週間休む方法ってないかしら？」

と、芳子が言った。

「病気で入院」

「それじゃ、休みにならないわ」

「それなら、結婚するしかないな。結婚休暇には、みんな文句は言わないよ」

芳子は、ちょっと三原をにらんで、

「私に言っていいことだと思ってんの？」

と、笑った。

男っぽくて、カラッとしているのが、芳子のいいところである。お世辞にも色気があるとは言えなかった。

だからこそ、三原も気楽に話ができるのだが。

「――そうねえ」

少し間を置いて、芳子は言った。「それもいい手かも」

「何が？」

「結婚よ」

三原は目を見開いた。

「しかし、そりゃ相手がなきゃできないぜ」

「いるわ。目の前にね」

と、芳子は言った。


「何だか気おくれするな」

と、三原は言った。

「今さらやめるわけにいかないのよ」

と、芳子は言った。「さ！　花婿らしく、少し緊張した顔をして！」

「してるよ、これでも」

「それで？」

三原は渋い顔で、肩をすくめた。

「——さあ、入場よ！」

二人は腕を組んで、歩き出した。

結婚披露宴——といっても、なにしろ、二人とも、「休みを取るため」という、いわば「不純」な動機の結婚である。

式や披露宴はやめようと思っていたのだが、同僚や上司の手前、まるきりなし、というわけにゆかず、このホテルの中のレストランを借りて、パーティをやることにしたのである。

拍手が起る。立食形式のパーティだったが、それでも雰囲気は悪くなかった。

三原と芳子は、一応、正面の壇上に並んで祝辞などを受けることになった。

これで、ハネムーンから戻ったとたんに、別れると言ったら、みんなどんな顔をするかな、と三原は思った。

明日からは一週間の結婚休暇だ。もちろんハネムーンには行かない。ただ、都内にいては誰かと出くわす心配もあるので、二人別々に、好きな所へ旅に出ることにしていた。

芳子はいたって楽しそうだ。三原の方は、多少後ろめたい思いがあった。

それに、離婚したことが、将来にいくらかでも響かないか、と、それも気にかかった。

もちろん、正式な届は出さないから、法律上は何の問題もないのだが。

堅苦しい披露宴ではない。祝辞は簡単に終って、パーティが始まった。

「さあ、食べましょうよ」

と、芳子が言った。「少しでも、もとを取らなきゃ」

パーティの費用は、ほとんど芳子が出していた。つい会社帰りに飲んでしまう三原よりも、よほど金持なのだ。

「一週間の休みのためなら、これぐらいのお金、惜しくないわ」

と、芳子は言い切っていた。

二人は適当にテーブルを回って、同僚たちと談笑した。

やはり、三原は男の社員の方へ、芳子は女子社員の方へと分れてしまう。

やれやれ。——十五分ほどして、三原は、疲れてしまった。

歩き疲れというより、やはり気疲れなのである。——ちょっとトイレに行くふりをして、ロビーへ出る。

ホッとした。やはり、嘘をつくというのはくたびれるものだ。

少しロビーをぶらついていると、ふと、女子社員の一人が、ぼんやり立っている後ろ姿が目についた。田口清子《たぐちきよこ》という、まだ入社して日の浅い、可愛い子だった。

「やあ、どうしたんだ?」

と声をかけると、田口清子は、びっくりした様子で振り向いた。

三原の方もびっくりした。田口清子は泣いていたのだ。

「田口君……」

「すみません。あの──」

と、田口清子はあわてて涙を拭《ぬぐ》った。

「一体、どうしたっていうんだい?」

──田口清子は、じっと顔を伏せていたが、やがてゆっくりと顔を上げ、三原を見つめた。その眼差《まなざ》しは、雄弁に心の中を物語っている。

「田口君、君は──」

「私、三原さんのこと、好きだったんです」

田口清子は早口に言うと、「すみません。こんなこと言っちゃいけなかったんだわ。——どうかお幸せに！」

田口清子は、涙をこらえ切れなくなった様子で、駆け出して行った。

三原は、ポカンとして、その場に突っ立っていた。——あの子が僕のことを？

信じられないような話だったが、あの涙は、嘘ではない。

「——どうしたの？」

と、声がして、芳子がやって来た。「花婿さんがいなくちゃ、困っちゃうじゃないの」

「放《ほ》っといてくれ」

と、三原は言った。

「どうしたのよ？　急に不機嫌になって」

「当り前だろう！」

ムッとして、三原は怒鳴った。「今、田口君が、泣きながら帰って行ったよ。僕のことが好きだった、と言ってね。——君のおかげで、僕は本当の結婚相手を逃しちまったんだ！」

芳子は青ざめた。三原は続けて、

「こんな嘘をつくのは、間違いだ。僕は、みんなの前で言ってやる。これはジョークでした、ってね」

と言って、歩き出した。

きっと、芳子が食ってかかってくる、と三原は思っていた。——しかし、数メートル行って、何の言葉もないので、三原は、足を止めて振り向いた。

芳子は、傍のソファに腰を落としていた。急に、十歳も老け込んだようだった。

そして……芳子の目から、涙が落ちて行った。

三原は、不意に目を覚まされたような気がした。——いつもの、あの男っぽい芳子はそこにはいなかった。

ただ、一人の寂しい女がいるだけだった。

僕と田口清子？——長続きするはずがないじゃないか。

三原は、ふっと笑った。そして、芳子の方へ歩み寄ると、

「さあ、中へ戻ろう」

と声をかけた。

三原は、芳子の手を取った。

温い、大人の手だった。

芳子は立ち上って、

「また、やり直せるわ、あなたなら」

と言った。

「その必要はないよ」

三原は微笑《ほほえ》んだ。——その笑顔が、芳子の笑顔を呼び出すのに、しばらくかかった。

代筆

バーへ入って行く時、僕は無意識に内ポケットの中のものを、上着の上から押えていたらしい。彼はいつもの席に座っていたが、僕を見るとニヤリとして、訊《き》いた。

「ボーナスが出たのかい?」

「いいや。どうしてさ?」

「胸のあたりを、さも大事そうに押えてるからだよ」

「え?――ああ、これは違うんだ。手紙なんだよ」

「手紙?　よほど大切な手紙らしいね」

「彼女からでね」

と僕はいささか照れながら言った。

「それは羨《うらやま》しい」

「しかしね、返事が問題なのさ」

「というと？」

「いや、ともかく僕は筆無精でね。およそまともに意味の通る文が書けないんだよ。いっそ巧い奴に代筆してほしいくらいさ」

「代筆か？　それはやめた方がいい。とんでもない事になりかねない」

「どういう意味だい？」

「僕の友人に君と同じ事を考えた奴がいる」

彼は僕のために水割りを注文して、言った。「彼は気心の知れた友人に誰か適当な人間を紹介してほしい、と頼んだ。その友人はすぐに書き手を見つけたが、その代書人の条件として、決してその依頼者当人とは会わない、どういう内容の手紙を書くかだけ、仲介の友人を通して指示してもらえば、それを書いて彼女へ送り、そのコピーを彼の方へ送る、という話だった。仲介した友人の話では、代書人は秘密のアルバイトとしてやっているので、それが外部へ洩《も》れては困るというわけだ。彼もすぐ承知し、早速ラブレター第一号が発信され、コピーが彼の手もとへ送られて来た。確かに文はスマートで、悪ふざけにならないユーモアと、重々しくならない格調があって、彼も金を出して頼んだかいがあったと喜んだ。――二通目、三通目までは巧く行った。ところがその内に様子がおかしくなって来た」

「というと?」

「その代書人が、頼まれもしないのに手紙を出すようになったのさ。差出人はちゃんと彼の名になっているが、中身は彼の注文とはまるで違うんだ。たとえば手紙に〈僕はゴボウとニンジン、シイタケが大好物です〉とある。こんな手紙をもらえば、彼女が次に彼を招いた時に、それを食べさせようとするのは当然だろうな。ところがこれらは彼の大嫌いなものばかりなんだ。といって彼女の手作りの料理を食べないわけにいかない。まさか代書人が間違ったんだとも言えないし。そうだろう。代書だというのは秘中の秘だったからね。仕方なく決死の覚悟で嫌いなものを食べたそうだ。仲介した友人に文句を言うと、そいつも肝心の代書人と連絡が取れなくなってしまった。そして幻の代書人は次々に手紙を出し始めた。コピーもちゃんと送って来る。――それりゃ大変だったそうだよ」

「というと?」

「彼はカナヅチなのに、手紙では平泳ぎの名手にされていた。彼女がプールへ行こうと言い出して、彼は一週間特訓して、やっと泳げるようになり、ピンチを切り抜けた。彼は歌謡曲しか聞かないのに、手紙に〈クラシック音楽のことなら何でも訊いて下さい〉と書かれた。音楽の本を読みあさり、レコードを何十枚も一度に買って必死で勉強した。インスタントラーメンしか作った事がないのに、〈料理の腕はホテルのコック並み〉と書かれて、わざわざ男性の料理教室へ通った。万事この調子で、その内に彼は仲介の友人を疑い始めた。何しろ彼の好みや何かまでちゃんと知っているんだからね。ところがそこへ致命傷だ」

「何だい？」

「結婚の申し込みさ。それも代書人が手紙に書いた。そして彼女からは喜んでＯＫしますと返事が来た。——で、一巻の終り。今は彼と彼女は円満にやっているよ」

「で、結局、代書人というのは……」

「分らないか？　代書したのは彼女自身なのさ。仲介を頼まれた友人が彼女にその事をしゃべった。彼女は一計を案じ、両方の手紙を、筆跡を変えて書き、未来の夫を自分に合うように教育したわけだ」

　僕は、どんなに下手でも、手紙は自分で書こうと決心した。

晴れた空の下で
南ヶ原団地A号棟

江國香織

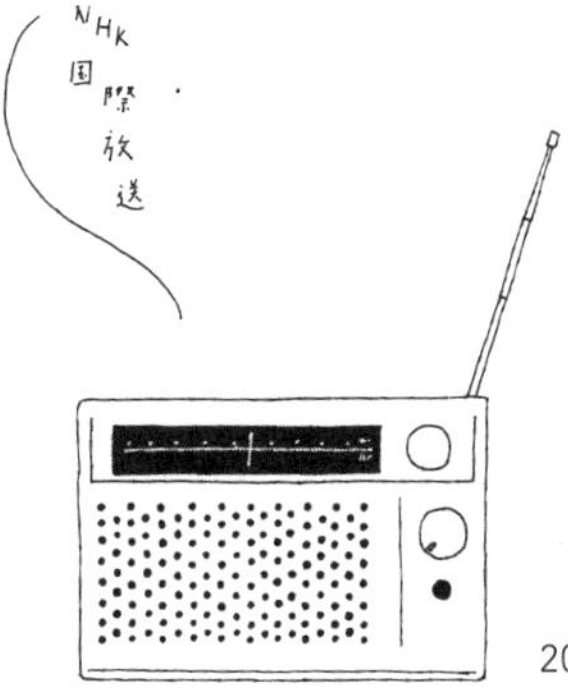

2014年4月26日初回放送

江國香織（えくに　かおり）

1964年東京都生まれ。童話作家としてデビュー。92年『こうばしい日々』で坪田譲治文学賞、『きらきらひかる』で紫式部文学賞、99年『ぼくの小鳥ちゃん』で路傍の石文学賞、2002年『泳ぐのに、安全でも適切でもありません』で山本周五郎賞、04年『号泣する準備はできていた』で直木賞、07年『がらくた』で島清恋愛文学賞、10年『真昼なのに昏い部屋』で中央公論文芸賞、12年「犬とハモニカ」で川端康成文学賞、15年『ヤモリ、カエル、シジミチョウ』で谷崎潤一郎賞を受賞。主な著書に『はだかんぼうたち』『なかなか暮れない夏の夕暮れ』『彼女たちの場合は』など。

晴れた空の下で

わしらは最近、ごはんを食べるのに二時間もかかりよる。いれ歯のせいではない。食べることと生きることとの、区別がようつかんようになったのだ。

たとえばこうして婆《ばあ》さんが玉子焼きを作る。わしはそれを食べて、昔よく花見に行ったことを思いだす。そういえば今年はうちの桜がまだ咲いとらんな、と思いながら庭を見ると、婆さんはかすかに微笑《ほほえ》んで、あの木はとっくに切ったじゃないですか、と言う。二十年も前に、毛虫がついて難儀して、お爺《じい》さん御自分でお切りになったじゃないですか。

「そうだったかな」

わしはぽっくりと黄色い玉子焼きをもう一つ口に入れ、そうだったかもしらん、と思う。そして、ふと箸《はし》を置いた瞬間に、その二十年間をもう一度生きてしまったりする。

　婆さんは婆さんで、たとえば今も鯵《あじ》をつつきながら、辰夫《たつお》は来年こそ無事大学に入れるといいですね、などと言う。

「ちがうよ。そりゃ辰夫じゃない」

　鯵が好物の辰夫はわしらの息子で、この春試験に失敗したのはわしらの孫、辰夫の息子なのだった。説明すると、婆さんは少しも驚いた顔をせず、そうそう、そうでしたね、と言って微笑する。まるで、そんなのどちらでも同じことだというように。すると、白い御飯をゆっくりゆっくり嚙《か》んでいる婆さんの、伏せたまつ毛を三十年も四十年もの時間が滑《すべ》っていくのが見えるのだ。

「どうしたんです、ぼんやりして」

　御飯から顔をあげて婆さんが言う。

「おつゆがさめますよ」

　わしはうなずいてお椀《わん》を啜《すす》った。小さな手鞠麩《てまりぶ》が、唇《くちびる》にやわらかい。

　昔、婆さんも手鞠麩のようにやわらかい娘だった。手鞠麩のようにやわらかくて、玉子焼きのようにやさしい味がした。

うふふ、と恥ずかしそうに婆さんが笑うので、わしは心の中を見透かされたようできまりが悪くなる。

「なぜ笑う」

ぶっきらぼうに訊《き》くと、婆さんは首を少し傾けて、お爺さんだって昔こんな風でしたよ、と言いながら、箸で浅漬《あさづ》けのきゅうりをつまむ。婆さんはこの頃《ごろ》、わしが口にださんことまでみんな見抜きよる。

ふいに、わしは妙なことに気がついた。婆さんが浴衣《ゆかた》を着ているのだ。白地に桔梗《ききょう》を染めぬいた、いかにも涼し気なやつだ。

「お前、いくら何でも浴衣は早くないか」

わしが言うと婆さんは穏やかに首をふり、目を細めて濡《ぬ》れ縁《えん》づたいに庭を見た。

「こんなにいいお天気ですから大丈夫ですよ」

たしかに、庭はうらうらとあたたかそうだった。

「飯がすんだら散歩にでもいくか。土手の桜がちょうど見頃じゃろう」

婆さんは、ころころと嬉しそうに声をたてて笑う。

「きのうもおとついもそう仰有《おつしや》って、きのうもおとついもでかけましたよ」

ふむ。そう言われればそんな気もして、わしは黙った。そうか、きのうもおととい
も散歩をしたか。婆さんは、まだくつくつ笑っている。

「いいじゃないか」

少し乱暴にわしは言った。

「きのうもおとといも散歩をして、きょうもまた散歩をしてどこが悪い」

はいはい、と言いながら、婆さんは笑顔のままでお茶をいれる。ほとほとと、快い
音をたてて熱い緑茶が湯呑《ゆの》みにおちる。

「そんなに笑うと皺《しわ》がふえるぞ」

わしは言い、浅漬けのきゅうりをぱりぱりと食った。

土手は桜が満開で、散歩の人出も多く、ベンチはどれもふさがっていた。子供やら
犬やらでにぎやかな道を、わしらはならんでゆっくり歩く。風がふくと、花びらがた
くさんこぼれおち、風景がこまかく白い模様になった。

「空気がいい匂《にお》いですねえ」

婆さんはうっとりと言う。

「いいですねえ、春は」

わしは無言で歩き続けた。昔から、感嘆の言葉は婆さんの方が得手なのだ。婆さんにまかせておけば、わしの気持ちまでちゃんと代弁してくれる。

足音がやんだので横を見ると、婆さんはしゃがみこんでぺんぺん草をつんでいた。

「行くぞ」

桜がこんなに咲いているのだから、雑草など放っておけばいいものを、と思ったが、ぺんぺん草の葉をむいて、嬉しそうに揺らしながら歩いている婆さんを見たら、どうもそうは言えんかった。背中に、日ざしがあたたかい。

散歩から戻ると、妙子《たえこ》さんが卓袱台《ちゃぶだい》を拭《ふ》いていた。

「お帰りなさい。いかがでした、お散歩は」

妙子さんは次男の嫁で、電車で二駅のところに住んでいる。

「いや、すまないね、すっかりかたづけさしちゃって。いいんだよ、今これがやるから」

ひょいと顎《あご》で婆さんを促《うなが》そうとすると、そこには誰もいなかった。妙子さんはほんの束《つか》のま同情的な顔になり、それからことさらにあかるい声で、

「それよりお味、薄すぎませんでした」

と訊く。

「ああ、あれは妙子さんが作ってくれたのか。わしはまたてっきり婆さんが作ったのかと思ったよ」

頭が少しぼんやりし、急に疲労を感じて濡れ縁に腰をおろした。

「婆さんはどこかな」

声にだして言いながら、わしはふいにくっきり思いだす。あれはもう死んだのだ。去年の夏、カゼをこじらせて死んだのだ。

「妙子さん」

わしは呼びかけ、その声の弱々しさに自分で驚いた。なんですか、と次男の嫁はやさしくこたえる。

「夕飯にも、玉子焼きと手鞠麩のおつゆを作ってくれんかな」

いいですよ、と言って、次男の嫁はあかるく笑った。

わしは最近、ごはんを食べるのに二時間もかかりよる。いれ歯のせいではない。食べることと生きることとの、区別がようつかんようになったのだ。

南ヶ原団地A号棟

自由題で書かせた作文の採点をしていたら、こういうのがあった。おなじ団地に住む三人の子供の書いたもので、どれもとてもおかしくて、そのくせ妙に切実なのだ。幸い、私は子供の作文に「となりの芝生は青い」などとしかつめらしいコメントをつける神経を持ちあわせてはいないので、三つの作文それぞれに、大きな花まるをつけておいた。

叱《しか》られたこと

四年二組　大島加奈子《かなこ》

一週間くらい前、私はお母さんに叱られました。ごはんを食べながら、私が二度も、れいこちゃんちはいいなあと言ったからです。一度目は、お母さんはおはしを持ったまま、ちらっと私を見ただけでしたけれど、二度目のときはお茶碗《ちゃわん》とおはしをテーブルにおいて、怖い声で、そんなられいこちゃんちの子になっちゃいなさい、と言いました。私はテーブルにならんだ玄米ごはんと海草サラダと冷《ひ》ややっこを見ながら、心の中で、そんなことできるわけないじゃん、と思いましたが、黙っていました。

　私はちょっと太っています。体重が54キロあります。背は145センチなので、お母さんが壁に貼ったチャートでみると、「太りすぎ」というオレンジ色の部分に入ります。その上の赤い部分だと「肥満」で、私は肥満じゃないからまあいいや、と思うのですが、そう言うとお母さんはすごく怒ります。一体誰のために毎日めんどうなカロリー計算をしてると思ってるの、とつぶやいてため息をつき、きっと大人になったらお母さんに感謝するわよ、と言います。私は、お母さんがどうしてそんなに私をやせさせたいのかわかりません。春休みには、母と子の減量道場というところに行きましたが、私は３キロしかやせなくて、それもすぐ戻ってしまったのでお母さんはがっかりしていました。（お母さんの方はやせる必要がないのに、この道場で２キロやせてしまって、どうしても元に戻らないそうです）。

　れいこちゃんは、私ほどじゃないけれど、やっぱりちょっと太っています。背は私とおんなじくらいで、体重は50キロです。でもれいこちゃんのお母さんは全然気にしていなくて、れいこちゃんは何を食べてもいいそうです。学校の帰りにアイスクリームを買って食べたりしています。しかもダブルのです。壁にチャートも貼っていなくて、体重のグラフもつけなくていいそうです。

私は一週間前にお母さんに叱られて、その日は罰としてテレビをみせてもらえなかったけど、それでもやっぱり、れいこちゃんちはいいなあと思います。

将来の夢

四年二組　北村れいこ

私の将来の夢は、結婚してお母さんになることです。それも、うちのお母さんみたいなのじゃなく、加藤くんのお母さんみたいにいつも家にいて、家の中のことをいろいろやるお母さんになりたいです。

うちのお母さんは仕事をもっているので大変だなあと思うけれど、でもお金がないわけじゃなくて、お父さんもちゃんと生きていて働いているんだから、お母さんは家にいればいいのになあと思います。

うちのお母さんは料理をしないし、掃除も一週間に一度しかしません。洗濯《せんたく》は夜中にするけれど、アイロンかけをためてしまうので、朝学校へ行くときに、ぴんとしたハンカチが一枚もないことがたまにあります。うちでは、ごはんは中学生のお姉ちゃんが作ります。お姉ちゃんはカレーやシチューが得意で、そういうのは案外おいしいですが、いつもは冷凍コロッケとか冷凍一口カツとかが多いので、ちょっと飽きてしまいます。

加藤くんのお母さんの趣味はお料理だそうです。遊びに行ったとき、お母さん本人がそう言っていました。私はそれをきいて心の底からびっくりし、加藤くんは運がいいなあと思いました。加藤くんのお母さんは四種類の料理教室に通ったことがあるそうです。お菓子作りの学校の他に、です。それに、加藤くんのお母さんは、うちの団地のA号棟の中でいちばん美人だと思います。しゃべり方もやさしいです。

うちのお母さんは、私の夢には野心がなくて情けない、と言いますが、私は大人になったら結婚して、やっぱり加藤くんのお母さんみたいになりたいです。

僕の悩み

四年二組　加藤健一郎

　ハッキリ言って、僕の悩みは母の料理だ。僕のつけた母のあだ名は料理魔女。我ながらいいセンスしてると思う。彼女はまさしく魔女なのだ。理性では対抗できない世界にいる。だいたい、食べ物に固執するなんて考えが古いのだ。食事というのは体に必要な栄養を摂取するための作業だってことを、ちゃんと認識してほしいものだ。いっそ、すべての食事がカプセル化されちゃえばいいのにと思う。食べるのはあごが疲れる。フランス料理、中華料理、エスニック料理、それに正統派の和食――。そういう手のこんだ食事だけでもうんざりなのに、母は毎日のおやつにも魔女的情熱をもやしている。シュークリームやフルーツタルトは朝めし前、マティーニ風味のクレープとか、アングレーズソース添《ぞ》えのフランボワーズケーキとか、名前だけで頭痛がしそうなお菓子を母は作る。

　でも、困ったことに僕は心がやさしい。母がいそいそと僕の部屋にやってきて、健ちゃん、おやつよ、と言ったりすると、どうも断りづらいのだ。しかも母の現れるタイミングは最悪で、たとえばファミコンで、ずっと手をやいていた一面をあと少しでクリアってときに限って「焼きたてだから早く早く」だったりする。　僕は「げーっ」と思う。

そして、さらに「げーっ」と思うのは、僕のこんな健気《けなげ》な息子ぶりにもかかわらず、たとえば僕が悪魔のように甘い「エンジェルチョコレートマシュマロムース」を一口残しただけで、男の子はつまらないわねえ、などと母がしょんぼりすることだ。あげくのはては、あなたもれいこちゃんくらい食べ物に興味があればいいのに、とくる。冗談じゃない。僕をあんなに太らせる気だろうか。

その点、大島のうちはいいなと思う。少なくとも母親に理性がある。カプセル化された食事は無理でも、うちの母もせめて玄米食にするくらいの、'90年代的意識をもってほしいものだ。

旅する本

角田光代

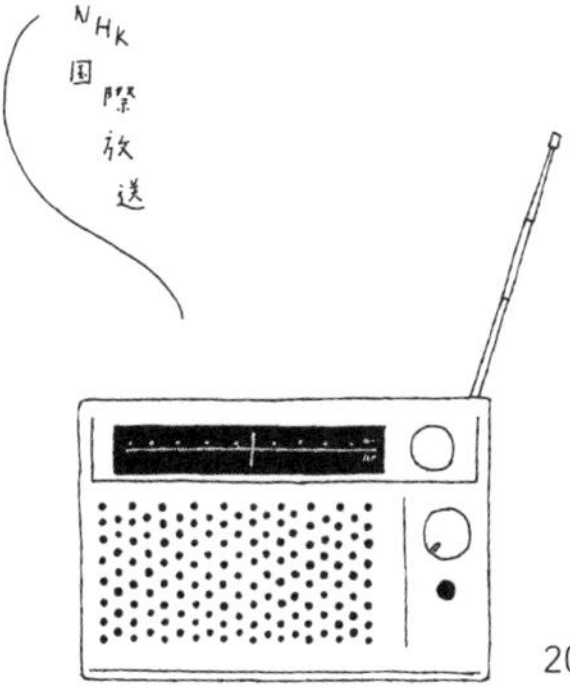

2015年10月24・31日初回放送

角田光代（かくた みつよ）

1967年神奈川県生まれ。90年「幸福な遊戯」で海燕新人文学賞を受賞しデビュー。96年『まどろむ夜のUFO』で野間文芸新人賞、98年『ぼくはきみのおにいさん』で坪田譲治文学賞、『キッドナップ・ツアー』で99年産経児童出版文化賞フジテレビ賞、2000年路傍の石文学賞、03年『空中庭園』で婦人公論文芸賞、05年『対岸の彼女』で直木賞、06年「ロック母」で川端康成文学賞、07年『八日目の蟬』で中央公論文芸賞、11年『ツリーハウス』で伊藤整文学賞、12年『紙の月』で柴田錬三郎賞、『かなたの子』で泉鏡花文学賞、14年『私のなかの彼女』で河合隼雄物語賞を受賞。主な著書に『森に眠る魚』『ひそやかな花園』『坂の途中の家』や、現代語訳した『源氏物語』など。

その本を売りに出したのは、十八歳のときだった。

実家を出て、東京でひとり暮らしをすることになっていた。六畳とトイレしかない、ちいさな部屋だった。実家から運びこんだもので部屋はさらにせまくなるし、飲み会や映画で仕送りはすぐに消えてしまうしで、本やレコードを全部売っぱらってしまうことにした。

学生街の、ひっそりとした古本屋に紙袋二つほどの本を持ちこんだ。値の張る貴重本は一冊もなく、漫画や小説ばかりだった。

銭湯の番台さんが座るような高座に座った主人は、めがねをずりあげずりあげしながらそろばんをはじき、ある一冊でふと手を止めた。そして私をじろりとにらみ、

「あんたこれ売っちゃうの？」と訊《き》いた。

意味がよくわからなかった。今は亡き作家の初版本でもないし、絶版になった本でもない。大型書店にいけば手にはいるような、それは翻訳小説だったのだ。

「え……価値があるんですか」

私は訊いた。その質問が、店の主人には気に入らなかったらしく、彼は大げさに首をふって私を見据え、

「あんたね、価値があるかどうかなんてのは、人に訊くことじゃないよ。自分で決めることだろう」と言う。

「そりゃそうでしょうけど……」私はむっとして言った。なんで本を売りにきて古本屋の老人に説教されなきゃなんないのか。

「ま、いいけどね」

老人はまたそろばんはじきに戻る。三千四百七十円、苦学生らしいからそれに免じて三千五百円。そろばんから顔を上げると、きっぱりした声で主人は言った。

そーんなに安いのかとびっくりした。だって、一冊一冊、高校生の私は身を切られるような思いで買い集めたものなのだ。服も化粧品も雑貨もケーキも、全部我慢して買った本だってあるのに、そんなに安くなっちゃうのか。古本屋って、もっと高く買

ってくれるものだと思ってた。

私の考えを読んだかのように、

「どうする、やめる？」

主人は訊いた。

「いいえ、売ります」

私は答えた。三千五百円なら、今日のコンパ代くらいにはなるだろう。老人の差し出す紙幣と小銭を、私は重々しく受け取った。

「あんた、本当にいいの、これを売っちゃって」

店のガラス戸に手をかけた私に、老人がもう一度声をかけた。ふりむくと、さっきの翻訳小説をこちらに向けて持っている。

「なんでですか」

不安になって私は訊いた。

「いや、べつにいいんだ、売るなら売るで」

老人は言い、私の持ちこんだ本を重ねて抱え、奥へとひっこんでしまった。老人が座っていた場所にできた空白を、数秒のあいだ私はぼんやりと眺めた。

しばらくのあいだ、あの本を手放したことによって、何か不自由が生じるのではないかと不安だった。たとえば古本屋の店主が予言者か何かで、この本を手放すことによってあなたはとてつもない不幸に見舞われると、忠告してくれたのではないか、なんて思ったのだった。

けれどこれといって不都合は何もなかった。

日々はいつもとかわらずに過ぎていった。

私は授業に出、友達と飲み会をし、ちいさなアパートに帰ってきて眠った。本が手元にあったときと何ひとつ変わることはなかった。

やがて卒業するころには、手放してもいいのかと念押しされたことはおろか、古本屋に本を売ったこと自体、きれいさっぱり忘れていた。

卒業旅行で私はネパールにいった。本当は、友人たちとヨーロッパ周遊に出かけるはずだったのだが、所持金が心許《こころもと》なく、結局あきらめて、ヨーロッパ周遊よりは安いネパールへひとりでいくことにしたのだった。

ひとり旅ははじめてだったが、ものごとは思ったよりスムーズに進んだ。カトマンズで目玉の寺を見、死体を焼く寺を見、埃《ほこり》くさいカトマンズの町を歩きまわった。そこからバスに乗ってポカラへ移動した。ポカラではダムサイドに宿を取り、毎日ボートに乗ったり、自転車をこいだりして過ごした。全体的に暇だった。

珍しく雨が降ったその日、暇をもてあました私は、宿の近くにある古本屋へいった。全世界の旅行者たちが売っぱらっていった本が、狭い店内いっぱいに並べられている。言語別にもジャンル別にもなっておらず、ドイツ語の八十日間世界一周の隣には、イタリア語の分厚いペーパーバックがあり、その隣にはタイ料理の本があり、その隣にはロンリープラネットのチベット編があった。古本屋は暗く、ひんやりとしていた。奥に置かれたテーブルに、分厚いめがねをかけた老人がひっそりと座っており、自分の顔より大きな本を、指をなめなめめくっていた。

古本屋というのはどこの国でも何か似ているものなのだろうかと私は思った。ひっそりと音を吸いこむ本。古びた紙のにおい。本を通過していった無数の人の、ひそやかな息づかい。

日本語の本もときおり差し挟まれていた。英語のスティーブン・キングの隣に、表紙のぼろぼろになった安部公房があったり、漢字の読めない中国語の本の隣に、真新しい遠藤周作があったりした。

最初は、まったく整頓《せいとん》されていない本の配列に私はいらいらさせられたが、次第に背表紙の日本語だけが目に飛びこんでくるようになった。

開け放たれた店のドアから入りこむ、ひっきりなしの雨の音を聞きながら、私は日本語を捜して棚から棚へと視線をさまよわせる。

ふと見慣れた文字が目の端をとらえ私は立ち止まった。

それをつかまえようと、ゆっくりと目線を移す。ずらり並ぶ各国語のタイトルのなかに、今視界を横切った何かを捜す。

それはすぐに見つかった。

ロンリープラネットのメキシコ編と、フランス語版マザーグースの真ん中に、窮屈そうにその本はあった。私が大学に入った年に売ったのと同じ、翻訳小説だった。本当にこれを売っていいのと古本屋の主人に訊かれた、あの本だ。私は学生街のあの本屋のことを——主人のはじくそろばんと、売っていいのかと訊くしわがれた声を、一瞬にして思い出した。

何が売っていいの、だ。ネパールの、ポカラの古本屋にもあるような本じゃないか。鼻で笑いながらその本を抜き出し、ぱらぱらとめくり、けれどいつのまにか笑いは消えていた。

本の一番最後のページ、物語が終わって奥付があり、めくるとほかの本の宣伝があり、そのあとに空白のページがある。空白のページに、Kの文字とちいさな花の絵が書いてある。シャープペンシルで引っ掻《か》くように書いてある。

この本は、ほかのだれかが売ったものではなく、私が売った本であると、数秒後、私は認めた。

このアルファベットと花の絵は、高校生の私自身が描いたものだった。放課後のケーキを我慢してこの本を買った高校生の私は、友達に貸してと頼まれ、絶対返してね、大切な本なんだからねと言い、冗談交じりに自分のイニシャルと絵を描いたのだった。学生街の古本屋で売ったときはすっかり忘れていたが、高校生の記憶はポカラの古本屋で鮮明に思い出された。

どういうことなんだろう。だれかがあの店でこれを買い、わざわざ持参してネパールを旅したんだろうか。日本人旅行者が多く見受けられる町だから、あり得ないこともない。

私は抜き出した本をぱらぱらとめくった。

これを買うべきだろうか。それとも、ここに戻しておくべきだろうか。

迷って、結局、買った。これも何かの縁なんだろうと思ったし、ぱらぱらとめくった感じでは、私はストーリーの大半を忘れていた。暇つぶしに読もうと思ったのだった。


壁と屋根があるだけの、屋台同然のお茶屋で、甘いミルクティを飲みながら私は自分の売った本を読んだ。実際ストーリーはほとんど忘れていた。というより、ものすごい思い違いをしていたことに気づかされた。

主人公の友達の妹だと思っていた女性は彼の恋人だったし、彼らはホテルを泊まり歩いているとなぜか思いこんでいたが、実際は、安アパートを借りて住んでいた。

しかも、おだやかな日常を綴《つづ》った青春系の本だという印象を持っていたが、そうではなく、途中からいきなりミステリの様相をおびはじめ、緊迫した場面がいくつも続く。

私は夢中で本を読んだ。記憶のなかのストーリーとの、間違い捜しに夢中になって。雨はなかなか降り止《や》まなかった。店を手伝っているちいさな子どもが、私の広げた本の表紙をのぞき込んで肩をすくめる。雨の音が店じゅうを浸している。いつのまにか、活字の向こうに、高校生だった私が見え隠れする。ネパールという国の場所も、恋も知らないおさない私。

その本を、私はカトマンズでもう一度売った。

本当は、これも何かの縁だろうから持って帰るつもりだった。けれど荷物がどうにも重くて、ポカラで買った本と、古びたパーカと、ネパールのガイドブックを、路上で店を出しているバックパッカーに買ってもらった。世界放浪中らしい彼は、旅行者からなんでも買い、なんでも売っている。穴の開いた靴下も、色あせたトランクスも売っている。私の持ちこんだそれらも、彼は気やすく買ってくれた。それらを売った代金で、その夜私はビールを飲み、水牛の串《くし》焼《や》きを食べた。ネパール最後の夜を祝した一人きりの晩餐《ばんさん》だった。帰り道、路上に品物を並べたバックパッカーが街灯に照らされていた。売り物のなかには私の本もあった。ドラえもん柄の腕時計の隣でひっそりと、だれかの手に取られるのを待っていた。

古本屋というのは、世界のどこにでもある。チェコにもあるし、イタリアにもある。モンゴルの古本屋は路上販売をし、ラオスの古本屋はお祭りの際に屋台を出店する。そして三度目に私がその本にあったのは、アイルランドの学生街にある古本屋だった。

その学生街に、私は仕事で立ち寄っていた。その町では毎年十月に、盛大な音楽フェスティバルが行われる。町の至るところでジャズやロックやクラシックが毎日演奏される。その取材のために私はその町に滞在していたのだった。

取材もほぼ終わりかけ、帰国日も迫ったその日の夕方、パブにいくつもりでホテルを出たのだが、目当てのパブはまだ閉まっていた。あと一時間ほど待たなければパブは開かない。時間つぶしに町をぶらついていた私は、ある書店の扉を開けた。

ふつうの本屋だとばかり思っていたのだが、ドアを開くと、古本屋の、あの独特のにおいがする。数日前の雨を残したような、静寂に活字が沈み込んだような、あのなじみ深いにおい。そうなのだ、古本屋は世界じゅうどこでもおんなじにおいがする。

たとえそれが路上の店であっても。

　時間をつぶすだけなのだから、普通の本屋でも古本屋でもかまわない。私はドアの内側にすっとからだをすべりこませ、店に充満するにおいを嗅《か》ぎながら、ずらりと並ぶ本の背表紙を眺めて歩いた。

　学生のとき自分が売って、ポカラで見つけ、カトマンズで再び売ったその本のことを、私はすっかり忘れていた。だから、見覚えのあるその背表紙を見たときも、何がなんだかわからなかった。ぽかんとそれを眺めて数秒後、この本を私はとてもよく知っていると気がついた。

　けれどまさかおんなじ本であるはずがなかった。そんな偶然が続くわけはなかった。それが私の売ったのと同じ本でないことを確認するためだけに、私はそれを本棚から抜き出した。私の本には、最後のページにいたずら書きがあるはずだった。イニシャルと、たしか花の絵だ。私はゆっくりと、奥付をめくり、宣伝をめくり、そしてそこに見つけてしまう。もうかすれかけたイニシャルと、花の絵を。

　それは私が十八のときに売り、卒業旅行でまた売った、同じ本に間違いがなかった。

　私はその本をレジに差し出した。その本を抱え、目当てのパブに向かって歩いた。

パブはもう開いていたが、まだがら空きで、私はカウンターに腰かけてギネスを頼み、本を取り出してページを開いた。

現実味がまるでなかった。これは夢なのではなかったか。アイルランドも音楽祭も、取材も古本屋も全部、長い長い夢ではなかったか。

けれど運ばれてきたギネスはきちんとギネスのもったりとした味がしたし、煙草《たばこ》の先から手の甲に落ちた灰はきちんと熱かった。私はギネスを飲み、ちいさくかかるアイルランドの音楽を聴きながら、本をとばし読みした。

本はまたもや意味をかえているように思えた。ミステリのように記憶していたが、そうではなく、日々の断片をつづった静かで平坦《へいたん》な物語だった。若い作者のどこか投げやりな言葉で書かれた物語のように記憶していたが、単語のひとつひとつが慎重に選び抜かれ、文章にはぎりぎりまでそぎ落とされた簡潔なうつくしさがあり、物語を読まずとも、言葉を目で追うだけでしっとりと心地よい気分になれた。

そうして私は、薄暗いパブの片隅で気づく。

かわっているのは本ではなくて、私自身なのだと。ケーキの代金を節約したむすめは、家を離れ、恋や愛を知り、その後に続くけっしてうつくしくはない顚末《てんまつ》も知り、友達を失ったり、またあらたに得たり、かつて知っていたよりさらに深い絶望と、さらに果てのない希望を知り、うまくいかないものごとと折り合う術《すべ》も身につけ、けれどどうしても克服できないものがあると日々確認し、そんなふうに、私の中身が少しずつ増えたり減ったりかたちをかえたりするたびに、向き合うこの本はがらりと意味をかえるのである。

売っていいの、とあのとき古本屋は私に訊いた。そう訊かれなければ、きっと私はネパールでもアイルランドでも、古本屋でこの本を見つけることはできなかっただろう。

たしかにこの本は、売ってはいけない本だったのかもしれない。だって、ここまでついてくるのだもの。

どういうわけだか知らないが、この本は私といっしょに旅をしているらしい。また数年後、どこかの町の古本屋で私はまたこの本に出会い、性懲《しょうこ》りもなく買うだろう。最後のページに書かれた印を確認し、そしてまた、お茶屋やパブで、ホテルの部屋や公園で、ページを開き文字を追い、そこでかわったりかわらなかったりする自分自身と出会うだろう。

アイルランドからの帰国途中に、ロンドンに寄ることになっている。そこで私はまた、売ってはいけないこの本を売ろうと思う。その思いつきは不思議なくらい私をわくわくさせる。今度はどこまで私を追いかけてくるか。そのとき私は、この本のなかにどんな自分を見いだすのか。

ギネスを飲み干し、グラスの内側に残る、影みたいな茶色い泡を眺めながら、本を閉じる。気がつけば店は徐々にこみはじめ、あちこちに見知らぬ人の交わす楽しげなおしゃべりが満ちていて、私は声を張り上げて、カウンターの奥にいる店主にギネスのお代わりを注文する。

海酒

綿雲堂

田丸雅智

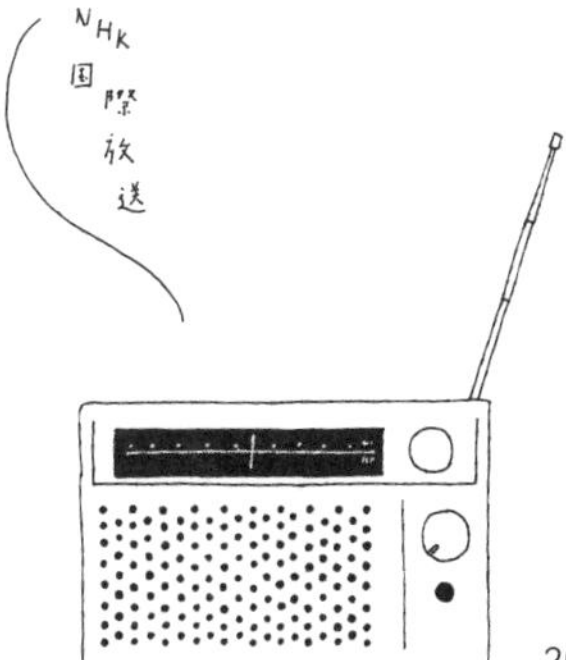

2019年1月19・26日初回放送

田丸雅智（たまる まさとも）

1987年愛媛県生まれ。2011年『物語のルミナリエ』に「桜」が掲載され作家デビュー。12年、樹立社ショートショートコンテストで「海酒」が最優秀賞受賞。「海酒」は、ピース・又吉直樹氏主演により短編映画化され、カンヌ国際映画祭などで上映された。坊っちゃん文学賞などにおいて審査員長を務め、また、全国各地でショートショートの書き方講座を開催するなど、現代ショートショートの旗手として幅広く活動している。17年には400字作品の投稿サイト「ショートショートガーデン」を立ち上げ、さらなる普及に努めている。主な著書に『海色の壜』『おとぎカンパニー』など。
田丸雅智 公式サイト
http://masatomotamaru.com/

海酒

この壜《びん》かい。いいや、熱帯魚をはじめたわけじゃない。

そのへん、どこでも座ってくれよ。話したいことがあるんだ。

あのバーに初めて入ったのは二年前だった。昔から、おれは見知らぬ店にふらっと一人で入る癖があるだろ。そうやって見つけた良い店に、今度は友だちを連れていく。おまえにも、たくさん店を紹介してきたな。でも、あのバーだけは誰にも教えなかった。

飲み会の帰りだったんだ。駅までの近道になりそうだと、おれは薄暗い路地に入っていった。そのときだよ、あのバーを見つけたのは。

おれは、かすかに漂ってくる潮の香りをかぎつけた。こんな都会の真ん中じゃ珍しいだろ。香りの先は、さらに奥まった路地の先、一軒の店へとつづいていた。

優しい黄色で包まれた、しっとりと落ち着いた雰囲気の小さな店だった。中に入るなり、おれの胸に懐かしさがこみあげてきた。ほのかな潮の香り、寄せる波音。子供のころの記憶がよみがえってくる。

初老のマスターが一人で経営しているらしい。バックバーには、青いボトルのグラデーションが美しかった。

「初めての方ですね。うちはストレートだけですが、構いませんか」

その言葉に面喰らったけれど、おれが同意するとマスターは席をすすめてくれた。

見慣れないボトルばかりだったから、一杯目はメニューを開いて決めようと思った。だけど、メニューを手に取りふたたび驚いた。酒の種類がひとつしかなかったんだ。

いや、正確にはウメ酒と書かれてある横に、細かく地名の載った地図が描かれてあった。おれは、少し考えて納得した。なるほど、ここは全国のウメ酒を集めたバーなんだって。おれは適当な地名のものをオーダーしてみた。ウメ酒の違いなんて自分に分かるのだろうかと、不安な気持ちになりながら。

出てきた酒のあまりの美しさに、おれは呆然となった。グラスは、エメラルドグリーン一色に染め上げられていたんだ。気のせいか、表面には細かく波が立っている。こんな酒は見たことない。おれは思わずマスターに酒の名前を尋ねた。

「お客さんがオーダーされた土地の『海酒』です」

「うみ酒？　ウメ酒の間違いじゃないんですか」

「初めての方は、だいたいそうおっしゃいます。ここは、全国各地の海を集めた、海酒バーなんですよ」

マスターは静かに微笑《ほほえ》みながら言った。

慌ててメニューを確認してみると、彼の言う通りだった。おれは『海』という字を読み間違えていたんだ。うろたえるおれに、マスターは優しく声をかけてくれた。

「私は海というやつに幼いころから無性に惹かれる性質《たち》でしてねぇ。若いころは、全国各地の海を渡り歩いたものです。そのときの経験をもとに、このバーを開きました。ここには、海に面したほとんどすべての土地の海酒がそろっています。ぜんぶ自家製ですよぉ。荒々しい海、凪《な》いだ海。濁《にご》った海、澄んだ海。お好みがあれば、何なりと」

おれはグラスを掲げ、光にかざしてみた。エメラルドグリーンの底に白い砂地のようなものが見え、時折、波に巻かれたようにそっと舞い上がる。上からのぞき込むと、漣《さざなみ》がグラスの底に斑《まだら》模様を作っている。

慎重に口に含んでみた。その途端、さわやかな潮風が鼻腔《びこう》を吹き抜けていった。おれは思わず目を閉じた。無限の海が広がった。

「……三津《みつ》、という場所の海酒はありませんか」

おれは、思わずそう口走っていた。

ああそうだ、おれたちの故郷の名前だよ。あの海への思い入れが、おれはとくべつ強くって。

小さいころ、亡くなったばあちゃんに手を引かれて、よく通《かよ》ったんだ。海岸線にそって、ひと駅のあいだを一両電車にことこと揺られてね。

砂とたわむれたり、貝殻や小石をコレクションしたり。海岸に寄る小さなふぐの群れを網ですくってみたり、浮輪をサーフボードに見立てて小波に乗ってみたり。小さな子供のやる、ほんのささいな遊びに過ぎなかったけど、楽しかったなぁ。

あのころはほんとにきれいな海だったよな。穏やかに揺れる瑠璃《るり》色の波を眺めているだけで、自然の美しさというものを幼心に感じることができた。

木造のぼろぼろの駅舎は、海のすぐそばだった。だから、浜に居たって踏切音が聞こえてくる。のんびり入ってくる電車の音を耳にするたび、おれは過ぎ去っていく時間にたまらなく切ない気持ちになったもんだよ。

三津はほんとにいい町だった。それもぜんぶ、あの海のおかげだったとおれは思ってる。

たくましい漁師のおっちゃんたちと、その船を修理する人たち。魚市場は活気にあふれかえっていて、魚売りのリヤカーの周りはいつも賑やかだった。

海は、町のすべての源《みなもと》だったよなぁ。

そうだろ、おまえなら分かってくれると思ってた。おれたちの思い出が、ぎゅっと詰まったところなんだよな、三津の海は。だからこそ、実家に帰ってすっかり汚れてしまった海を目にするたびに、おれは本当にいたたまれない気持ちになるよ。海に寄り添ってきた三津の町も、いまじゃずいぶん寂《さび》れてしまった。あの路線が廃線になったのも、もう十年も前の話になる。

「ありましたよぉ、三津の海酒。三十年物です」

奥から戻ってきたマスターは、すっとグラスを差し出した。驚いたよ。まさか本当にあるとは思わなかった。

おれは、まじまじとグラスを眺めた。その液体は、思い出と寸分たがわぬ色だった。強烈な懐かしさに胸が締めつけられた。しばらくのあいだ、口に含むことすらできなかった。

グラスの底で、小魚の影がひらめいた。波の音が聞こえてきた。おれは一気に海酒を呷《あお》った。

「もう一杯お願いできますか」

気がつけば、何杯もグラスを重ねていた。酔いが深まるにつれますます鮮やかによみがえってくる瑠璃色の遠い世界に、おれは店が閉まる時間までひたりつづけた。

それからも、おれはあのバーに通いつづけた。注文するのは決まって同じ海酒だった。ほかのも申し分ないうまさだけど、やっぱり故郷の海にはかなわない。海を愛するマスターとも意気投合し、ずいぶん仲良くなったよ。

でも、恐れていた日がついに訪れてしまって。

「これが、最後の一杯です」

マスターは言いにくそうに切り出した。おれは冷静さを装うのがやっとだった。

「……新しく作ることはできないんですか」

「材料さえあれば可能です。ですが、お客さんの思い出の海酒をつくるには、当時の海の材料が必要になる。それがなければ、海酒は完成しないんです」

「材料というのは」

おれはマスターに詰め寄った。店の秘密を簡単に明かしてもらえるとも思っていなかったけど、彼はあっさり教えてくれた。

「実は、ビーチグラス――浜辺に落ちているガラスのかけらのことですがね、あれを使うんです。ビーチグラスには、長い年月のあいだ波にさらされ丸くなっていく中で、その土地の海のもつあらゆる記憶がすり込まれていくんですよ。それを、度数の高いお酒で一年ほど漬けこむわけです。それから、一番大切なのが海を愛する気持ちです。これが深ければ深いほど美しく酔える上等な海酒ができますが、この点は問題ないでしょう。あとは良質なビーチグラスさえあれば、お望みの海酒もつくることができるんですが……」

言葉の途中から、居ても立ってもいられなくなった。

おれはすぐに実家に帰り、屋根裏部屋の荷物置き場を必死で探しまわった。そして、子供のころの宝箱の中に、とうとう見つけたんだ。あのころ拾ったビーチグラスを。

おれは急いでバーに駆けつけ、マスターに差し出した。すると彼は、一枚のメモ用紙をポケットから取り出した。そこには、海酒の詳細な漬け方が記してあった。

「ご自分で漬けてみてはいかがでしょう。ベースのお酒なら分けてあげます。そのほうが、感慨もひとしおでしょうから」

マスターの計らいに、おれは心の底から感謝した。自分の海酒が完成しても、このバーとの付き合いは一生つづくに違いない。そう思いながら、おれは飛んで帰って海酒を仕込んだ。


これがちょうど、一年前の話でね。

察しがいいね、ああそうだ。この大壜は熱帯魚のものじゃない。試してみなよ、海酒の味を。

……見えたかい、懐かしいおれたちの海が。むかしはこんなに美しかったんだ、この海は。気を抜くのはまだ早い。聞こえるだろ？

潮騒《しおさい》だけじゃないさ。

踏切音がはじまった。聞こえてきた、ことこと揺れる電車の音が。

酔いが回れば海のすべてがよみがえる。言っただろ、これが海酒の醍醐味《だいごみ》さ。

駅舎は歩いてすぐそこだ。

ああ、今夜はおまえも一緒に帰らないか。昔とおんなじ電車に乗って、海の記憶する、あのころの三津の町へ。

綿雲堂

夢幻《むげん》三丁目にある綿雲堂《わたぐもどう》ほどおもしろいものは、そうそうない。

今まさに、一人の男が迷路のように入《い》り組んだ路地に迷いこんできた。軒先に虚《うつ》ろに出ている看板を見つけ、口を半開きにしている。店の宿す摩訶《まか》不思議な雰囲気をかぎとったようだ。

「わたぐも堂、かあ」

視界にちらりと入りこんだ空は、すっかり重たい雲に覆われている。

男はすりガラスに顔を寄せ中をのぞきこもうとしたが叶わず、今度はガタガタと木製の戸をぎこちなくスライドさせはじめた。

「いらっしゃい、開きにくいでしょう。この戸はコツがいるんですよ」

すりガラス越しに人影がちらついたかと思うと、空気を含ませたような、優しい微笑を浮かべた男が歩み出てきた。

「さあ、どうぞ中へ」

どうやら店主らしい。彼は男を店に招き入れると奥のカウンターに腰をかけ、メガネをかけた。読みかけの文庫本から栞《しおり》を抜いて、

「どうぞ、ごゆっくり」

そうにこやかに言って本に目を落とした。

男はここにきてようやく店内に顔を向けた。と、彼は思わず嘆息にも似た声を口の隙間からこぼしそうになった。だが、かすれ声すら流れ出ることを許されなかった。

言葉が見当たらない、どころの話ではなかった。絶句。この一語に尽きた。

——雲だ——

信じられないことに、そこには、ぽっかり切り取られた小さな空の風景が所狭しと並べられていたのだった。乳白色からはじまって、群青《ぐんじょう》、紫紺《しこん》、紅赤《べにあか》、茜《あかね》。果ては鼠《ねずみ》や鉛の色をした小さな雲たちまで、それぞれ水のない水槽の中にぷかぷかどよどよ漂っていたのだった。

「……」

明るい色のものたちは、直接照明が当たっていないところにあっても、自らが光り輝いているかのように見えた。そうでないのが、黒色系統のものだった。こちらは電気を落としているわけでもないのに、やけに光るのを自重しているように見受けられた。このギャップが決め手となるまでもなく、男の心はたちどころに鷲《わし》づかみにされてしまったのだった。

「売り物なんですか、この雲たちは……」

店主は、憎々しいくらいに落ち着き払っていた。

「もちろん、そうですよ」

雲のもつ美しさを、ここまでまざまざと見せつけられたことが、いまだかつてあっただろうか。男は、これまでの観念をめちゃくちゃにされた感じがした。

空が美しいのは、その深遠なるスカイブルーのせいだとばかり思っていた。しかし、空とは、雲が空の良いところを引き出していたからこそ美しかったのだ。雲が空を引き立て、空も雲を引き立てる。そんな甘ったれた相乗効果など存在しえない、確固たる真相を日の当《ま》たりにした気がした。雲のない日は、雲のないというその事実のみが空を綺麗に見せていたらしい。

ほんの数瞬のうちに、さまざまな考えが男の頭を駆けめぐった。

「お客さん、どうされましたか。具合でも悪いのでしたら……」

心配した店主が立ち上がった、そのときだった。彼はうっかり天井から吊るしてあった笊《ざる》に頭をぶつけてしまい、中からこぼれ落ちた小銭が音をたてた。

「あいたた……またやった。吊り場所をもう少し考えないとなあ……」

その音で、男ははっと我に返った。

「表現しようのないほど美しいですねぇ。骨抜きにされるところでしたよ……」

「ありがとうございます」

店主は顔を火照《ほて》らせて頰をポリポリ掻《か》いた。

「この雲たちは、どうやってつくっているんですか」

「いいえ、つくっているのではないんですよ」

「なら、どうやって。差し支えのない範囲で教えてくださいませんか。ほんの少しだけでもいいんです」

男は夢中になって身を乗り出した。

「だいぶ興味をもたれたようですね。なんだかこちらまでウキウキしてきましたよ。

分かりました、お教えしましょう。つまるところがですね、雲を飼育しているわけなんですよ」

「飼育とは？　雲は卵から孵《かえ》るんですか、それとも……」

そこから先が、どうにもつづかなかった。雲は爬虫《はちゅう》類か、哺乳《ほにゅう》類か。

「幼雲《おさなぐも》が生まれるのにはいくつか方法があるのですが、代表的なものは二つです。ひとつ目。それは水しぶきから上がる水けむりです。雲はそこから生まれます」

「水けむり？」

「ええ。丹念に調査した結果、いくつかの満たすべき条件があることが分かりましたが、結論だけ簡単に申しあげますと、この近くの山奥にある滝壺から上がるものがそれを満たしておりまして」

「滝ですか」

「私は綿雲ノ滝と呼んでいますが」

「なるほど。それで、どうやって雲を捕まえるんですか」

「これですよ」

店主は引き出しを開け、なにかを取り出した。

「わりばしですか？」

「これをパキッとふたつに割って、と、それっ。で、こんな具合にぐるぐるかき回すんですよ」

「……まるで、綿アメですね」

「ですから、綿雲、それからもじって綿雲堂、と、こう名づけさせていただきました。それから、わりばしの先には甘い香りのする自家製の液をつけてやります。その方が効率よく雲を捕まえることができますので」

「雲は甘い汁が好きなんですね」

　男は微笑した。

「ふたつ目も、お聞きになりますか？　一から十、全部話してはつまらない気もしますが」

「ぜひ、お願いします」

　男は少年のように目を輝かせて言った。

「では、お教えしましょう。もうひとつは、温泉の湯けむりです」

「なるほど、ありそうなことです」

「やはり山奥に、温泉の湧き出ているところがあるんですが、そこから立ちのぼる白い湯けむりが鍵となります」

「たしかに湯船に浸かりながら、ずんずん湧き上がってくる湯気をからめとってやりたい気持ちになったことはあります」

「そうです、それですよ、ことの発端は。

私もある日、その秘湯に体を預けながらぼんやり指をクルクルやってみたんですよ。するとと、柔らかな繊維が次第に指にからみついてくるではありませんか。のぼせるくらいに長くやりつづけると、かわいい雲のかたまりとなってきた。持って帰って部屋に放せば、ちゃんとふわふわ宙を漂うじゃありませんか。私は、空の縮図をそこに見出しましたよ。そして、あまりの美しさに呆然となりました。さっきのあなたのように」

と、そう言って店主が子供のような無垢《むく》な表情で口許《くちもと》をゆるめた、次の瞬間のことだった。突如としてビーッという大きな電子音が空気をかき乱した。

「あっ、メーターが振り切れてしまったようです。ちょっと失礼しますよ」

店主はそう言って、テキパキとなにかの作業をこなしていった。

「それはいったい何を……？」

「すみません、ちょっとお待ちを……ふぅ、大丈夫だった」

店主は額に浮かんだ汗を拭《ぬぐ》った。男は首をかしげながら、

「なにが大丈夫だったんですか」

「雲を飼育するのには温度と湿度を正確に管理する必要があるんですが、今、その温度のほうのメーターが振り切れていたので正常な状態に戻したんです。人が一人増えて、体温で室温が上がったんでしょう」

「ずいぶんデリケートなんですねぇ」

「ええ、手のかかる子供のようです。ですが、面倒をかける子供ほどかわいいと言いますか、その分、やはり愛着を強くもちますね。私も、こうして売り物として出してはいますが、この子たちに首ったけでしてね。それぞれに個性があり、良さがある。もちろん悪いところもありますが、もうかわいくてかわいくて仕方がない。

ですが、あなたのように正真正銘の純粋をお持ちの方には、快くお譲りしていますので、ご安心ください。興味がおありなんでしょう？　お気に召したものを、どうぞお持ち帰りください」

その言葉を聞いたとたんに男は目を輝かせはじめた。

「本当にいいんですか」

「もちろんです」

「でも、こうたくさんの雲があると、どれにしようか迷いますねぇ……」

男は、一番近いところにあった水槽を指さした。

「たとえばこれは、どういった性質の雲なんですか？」

薔薇《ばら》色の雲だった。

「こいつは、つつけば壊れてしまいそうな繊細さを宿した雲です。だがそれでいて、不思議な力強さも内に秘めている。まさしく、暁《あかつき》のごとしです。この雲を眺めているだけで、朝焼けを見るような明るい気持ちになっていきます」

次に男は別のひとつを指さして、店主に尋ねた。

「こちらの墨色の雲は、どういうものなんですか」

「誤解を恐れずに言えば、気持ちを暗くさせるジメジメした性格のやつです」

「だめじゃないですか」

「いえいえ、こいつもちゃんと役に立つのです」

「といいますと？」

「世の中には恐いもの知らずと呼ばれる人たちがいますが、その厄介な性質をなおすのに一役買うんですよ。

世の恐いもの知らずたち、当の本人たちはおもしろおかしく毎日を過ごしていても、その周りの人たちはいつもヒヤヒヤするだけでたまったものじゃないでしょう？　周りのほうが、いくつ命があっても足りないくらいです。それで、どうにかその性格を正したい。と、こう思うわけです。

そこで、この雲を部屋に置いてやるわけです。すると、どうでしょう。さっきまで、今度はビルの間に張った綱をバイクで渡るんだと叫んでいた者が、人が変わったように縮こまってしまう。失敗するに違いないからやめておこう。これからは堅実な人生を歩んで、早く周囲を安心させてあげよう。そうぶつぶつ呟《つぶや》くようになります。家族も一安心です」

「なるほど……」

と、男はその上に積んであった水槽に目を奪われた。

「これは……」

「銀杏《いちょう》色が美しいでしょう。それはですね……」

「ストップ、一から十、全部話してはつまらない、でしたね。これをいただきます。どういった雲なのかは自分で見極めますよ」

「ふふ、分かりました」

そう言うと、店主はにこっと笑って奥に引っこんだ。しばらくすると、大きめの金魚袋を手に持って戻ってきて、

「少々お待ちくださいね」

バッと袋の口を広げ、素早い動きで水槽に浮かぶ雲を押しこんだ。

「はい、どうぞ」

男は顔をほころばせて店主に深く礼を言った。

「大切にしてやってくださいね」

男が雲を片手に戸を開くと外は夜のように真っ暗で、雨が吹き上がる勢いでアスファルトを激しく打ちつけていた。

店主は、誰かの忘れ物だからと言って傘を持たせてくれた。

「エサは、果汁の多く含まれたジュースです。霧吹きで吹きかけてやってください」

最後まで、穏やかな表情を崩さなかった。

帰宅した男は、窓を開けて空を眺めていた。雨は衰えることを知らず、空にはどんよりとした雲がのっぺりと広がっていた。

――うーん、銀杏色の、この表現しがたい深い色合い。なんとも感慨深い雲だ――

しかし、押し入れから引っ張り出しておいた水槽を床に据え、袋の口をゆるめて雲を移し替えようとした、そのときだった。

「ああっ」

うっかり手元がくるい、雲がパッと飛び出してしまったのだ。突然の事態に、男はパニックに陥った。必死になって手でつかまえようとしたが、雲はスルリと通り抜けてしまう。

「そっちはだめだ」

男が叫ぶ声もむなしく、雲はまるで何かに導かれるかのようにして、窓からすぅっと雨空に向かって飛んでいってしまった。放心状態の男をよそに、雲はぐんぐん高度を上げ、どんどん大きくなっていく。

店主は、先ほどの客のことを考えていた。読みかけの文庫に栞を挟み腰を上げると、少し開いた戸から顔をのぞかせ空を見上げた。

――音がしなくなったと思ったら、いつのまにか雨が上がってる。さっそく、もらわれていったあの子を思い出すことになったなぁ――

彼は、遠くわが子を思う親のような眼差しでしみじみといつまでも佇んでいた。

突然やんだ雨を不思議に感じながら、街行く人々は思い思いに天を仰いだ。

そこには、銀杏色の雲。そして、見事な光芒《こうぼう》。

優しさと希望に満ち溢れた色が、空を引き立て輝いている。その光は、夢幻三丁目の街並みをいっそう妖しく見せたらしい。

男は美しい光景にすっかり骨抜きにされてしまい、さっきまでの混乱も忘れて長いあいだ窓からうっとり空を眺めていた。

やがて我に返ったとき、男がなんとなく手元に目をやると、そこには銀杏色の繊維が絡みついていた。

彼がそっとそれを丸めて水槽に浮かべてやると、小さな小さなその雲は、たどたどしくも神々しい一条の光をつむいで見せた。

妻が椎茸だったころ

中島京子

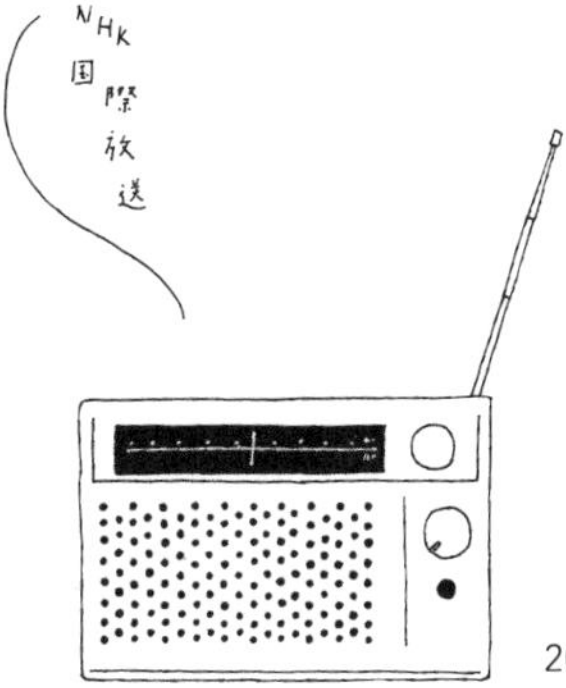

2017年12月16・23・30日初回放送

中島京子（なかじま きょうこ）

1964年東京都生まれ。出版社勤務を経て、2003年『FUTON』で作家デビュー。10年『小さいおうち』で直木賞、14年『妻が椎茸だったころ』で泉鏡花文学賞、15年『かたづの！』で河合隼雄物語賞、歴史時代作家クラブ賞、柴田錬三郎賞、『長いお別れ』で中央公論文芸賞、日本医療小説大賞を受賞。主な著書に『眺望絶佳』『彼女に関する十二章』『ゴースト』『樽とタタン』『夢見る帝国図書館』『キッドの運命』など。

これはたがも。
たがもじゃなくて、たまご。
たがも。
そうじゃなくて、たまご。
たがも。たがも？
こっちは？
あまいの。
あまいの？　こっちは？
みどりの。
みどりのか。じゃ、これは？

かい。
そう、かい。これは？
しいたこ。
しいたけ。
しいたけ。

＊

妻が亡くなったのは七年前の寒い日で、泰平《たいへい》の定年退職の二日後のことだった。昼近くなっても起きてこないので、亭主が会社に行かないでいいとなるとそこまで怠惰《たいだ》になれるものかと軽口を叩きながら寝室に起こしに行くと、妻は心臓の鼓動を止めていた。救急車が運んで行き、死因は、くも膜下出血だと診断された。前夜、気分が優れないと言って先に寝たのを思い出したが、そのまま逝《い》ってしまうなんて思いもしなかった。

嘆く暇もなく葬式を出し、二、三週間がまたたく間に過ぎて、人の出入りも途絶え、一人呆然《ぼうぜん》としていた夜に、都心で一人暮らしをしている娘から電話があった。

「思い出したんだけど、明日は杉山《すぎやま》先生のお教室だったわ。人気があってキャンセルできないからお父さん代わりに行って」

「なんの話だ?」

朦朧とした意識の中で、泰平は訊ねた。

「やだ、知らないの? お料理教室よ。お母さんが申し込んでたのよ。めちゃくちゃ楽しみにしてたわよ、お母さん。杉山登美子《とみこ》先生のお教室に当たるのって、ドリームジャンボに当たるみたいなもんなのよ。お金も払い込んであるの」

「そういうのは、お前が行ってくれたらいい」

「そうできたらいいんだけど、私は仕事があって無理。お父さん、明日は予定ないでしょう? 気晴らしに行ってきたらいいじゃない」

「料理なんかできない」

「だからいいんじゃない。教えてもらってくればいいのよ。お教室なんだから」

「そういうわけにはいかない。断りの電話をかけるから、連絡先を教えなさい」

「行ったほうがいいんだけどねえ」

娘は電話口で少しイライラした声を出した。

「ねえ、お父さんだって、なんでもこれから自分でやらなきゃならなくなるわけじゃない？　だからその第一歩として」

「連絡先は？」

「お母さんの電話帳にメモしてあると思うけど。だけど、断れないわよ。杉山先生のお教室をキャンセルだなんて、前代未聞よ」

「死んだのに断れない料理教室なんか、あるもんか」

泰平は娘に啖呵《たんか》を切って受話器を置き、几帳面《きちょうめん》な妻の電話帳から「杉山登美子料理教室」の電話番号を探し出した。

「杉山登美子料理教室でございます」

電話の向こうの明るい声が言った。

「私、明日、伺う予定の石田美沙子《いしだみさこ》という者の夫で」

そこまで言うと、明るい声は後を引き取るようにして、またうららかな声を出した。

「石田さまでいらっしゃいますね。お嬢様からご連絡いただいておりますよ。明日、お待ちしております」

「え？」

「お嬢様にもお伝えいたしましたが、椎茸《しいたけ》のみ、煮たものをお持ちくださいませ」

「え？」

「椎茸のみ、甘辛く煮てお持ちくださいませね」

「いや、実は先日、妻がくも膜下出血で」

「本当にねえ」

明るい声の主《ぬし》は、深く同情したいという気持ちと早く電話を切らねばという気持ちがせめぎあうような間を置いた。

「もう、どんなにお辛《つら》いか。心より、お悔み申し上げます。では明日、一時にお待ち申し上げております。失礼いたします。ごめんくださいませ」

泰平は受話器を手にしたままその場に立っていたが、もう一度「杉山登美子料理教室」に電話する勇気はなかった。かわりに娘に電話した。

「ごめんなさい、お父さん、ちょっといま、友達が来てるの」

周囲をはばかるような声を、娘は出した。

「わかった。すぐ切る。さっき料理教室に電話した。椎茸ってどういうことだ？」

「ああ、そうだった。明日は散らし寿司なのよ。椎茸を甘辛く煮て持っていくの。そうね、五個くらいって言ってたわ。生はダメよ。干したやつを戻して煮るの。ごめんなさい、あとで電話します」

椎茸——？　干したやつを戻して、甘辛く煮る——？

泰平は電話台の横にあった椅子に横向きに座り込み、しばらくその場にじっとしていた。

それから椎茸と料理教室については考えないことにした。書斎に行き、読みかけの本に目を落とした。追う文字はまるで頭に入ってこなかった。それでも彼は何かに挑戦するような面持ちでビジネス書をにらみ続けたが、二時間ほどして、観念して台所に立った。

ちくしょう、見つかる気がないなら煮てもやらないぞ。干し椎茸を探しながら、泰平は独り言を言った。椎茸のために近所のスーパーへ行くなんてごめんだぞ。脅しに屈したのか、椎茸は思いのほか簡単に見つかった。乾物《かんぶつ》がまとめて入れてある引き出しのいちばん手前に、買い置きの袋があったのだ。

小ぶりの干し椎茸が六個入っていた。見た目だけではとても食べ物とは思えない、石くれのような塊を見つめていた泰平は、まず何を思ったか包丁を取り出して、中の一つに刃を振り下ろした。

「うぉお！」

次の瞬間に、彼は包丁を拋《ほう》り出し、うっかり切ってしまった左手のひとさし指の先から噴き出した血を必死で舐《な》め取りながら、その場でどたんばたんと足を踏み鳴らした。件《くだん》の干し椎茸は、俎板《まないた》から勢いをつけて飛び去って流しの縁に当たり、コン、という景気の悪い音を立ててシンクに転がった。泰平は椎茸を恨めし気に見やってから、救急箱を探しに行った。なにはともあれ、切った指に絆創膏《ばんそうこう》を貼ろうと思い立ったのだ。

舐めても舐めても鮮血が滲《にじ》んでくる指に、バンドエイドを貼っていると、なぜ自分が椎茸めがけて包丁を振り下ろしたのかがわからなくなってきた。

散らし寿司、と娘は言った。泰平の知る限り、散らし寿司に入っている椎茸は細かく刻まれて寿司飯にまぶしてあった。だから椎茸はごろんと丸のままではなく、スライスされていなければならないと思ったのだ。しかし、切ってから煮ようと思ったのは間違いだったと、彼も認めざるを得なかった。柔らかく煮てからなら、椎茸を切るなどというたやすい作業に、大の男が手こずらされるはずがない。

泰平は居並ぶ五個の干し椎茸を、心の中で恫喝《どうかつ》した。左手を傷つける結果を招いた一個は、そのまま流しの隅の生ゴミ入れに捨ててやった。

泰平は椎茸を雪平鍋《ゆきひらなべ》に入れた。美沙子が味噌汁を作るのに使っていた鍋だ。そしてそこに醤油と砂糖を入れた。甘辛く、と娘は言った。料理教室の電話の女も言った。甘辛く煮ておけば、文句はないだろう。砂糖は甘く、醤油は辛い。誰でも知っていることだ。ままよ——。泰平は鍋を焜炉《こんろ》に載せて火をつけた。

がちがちに干し固まった椎茸が、柔らかく甘辛く煮えるまでには、若干時間もかかろうかと思えたので、彼はキッチンスツールに座り、料理本が並ぶ棚に無造作に置かれていた古びたノートを手に取った。小豆色《あずきいろ》をした布の表紙で、角が少しほつれていた。それは妻が残していたレシピ帳であり、日記帳でも、雑記帳でもあるような代物《しろもの》だった。泰平は妻がそんなものをつけているとは知らなかった。ふと開いたページには、こんなことが書いてあった。

「子供のころ、『スープのスープ』という話を読んだことがある。

物語の主人公はホジャという、ほら話やとんち話の得意なトルコ人で、ある日、友達に焼いたウサギをご馳走《ちそう》したら、それが評判になって友達の友達が家におしかけてきた。そこでホジャは焼いたウサギの残りでスープを作って食べさせるのだが、そのスープもうまかったというので、またその友達の友達の友達が訪ねてくる。ホジャは鍋の底のスープ一滴を注《そそ》いだお椀《わん》に湯を足して、『これはスープのスープです』といって、友達の友達の友達に出した。それ以上、誰も訪ねて来なかった。たしか、そんな話だ。

ときどき、スープのスープを出したくなる。お前には食う権利などないのだと言ってやりたくなる。しかし、トルコの人は友達を大切にして、家を訪ねてきた人にご馳走を振舞うのを習慣にしているとも聞くから、この話はもしかしたら、まったく別の話として読むべきなのかもしれない。たとえば、どんなに貧しくとも何か出すべきであるとか。

今日も夫が誰かを連れてくる。夫は私の料理が自慢なのだ。私の料理の腕はいい。けれどそんなことを自慢して何になるのか。

私は昼に、冷蔵庫を整理するために野菜のチャプチェを作った。チャプチェは韓国料理で、春雨《はるさめ》と野菜を使った炒めものだ。ほんの少しでも、豚肉が入るとおいしい。今日は、タケノコ、黄ニラ、椎茸、人参、モヤシ、キャベツが入った。毎回、入るものが違う。黄ニラだけは、この料理を作るためにこっそり買ったのだ。黄ニラは高い。黄ニラとか香菜《シャンツァイ》とかふくろ茸《だけ》みたいなものは、主婦が一人で食べる昼ごはんの中に入るのは珍しい。思い切って買わなきゃ入らない。でも、黄ニラが入ると炒めものはおいしいし、色味もきれいなのだ。

材料はすべて、モヤシと揃えて細く切る。細切りした豚肉は、塩と酒で下味をつけて、いちばん最初に炒める。みじん切りにしたニンニクを弱い火で温めて香りを出したら、火を全開にして下味ごとジャッと一気にフライパンに入れる。肉の色が変わったら、ぐずぐずしていてはいけない。椎茸、人参、モヤシ、キャベツ、タケノコ、黄ニラを放り込み、湯で戻した春雨——もちろん適当な大きさに切っておかないと始末に負えない——を入れ、水分を飛ばし、中華スープの素《もと》と、柚子《ゆず》入りの出汁《だし》醬油で味つけする。鍋のタレにする、あの出汁醬油だ。もちろん、お砂糖やみりんを使って、甘目に味つけするのが本当だけれど、私は焼きそばや焼きビーフンにちょっと酢をかけるのが好きだから、最初から酸っぱいタレを使ってみたらどうかなと思ったら、案外簡単かつおいしい。でも、家族全員が好きかどうかはわからないから、みんなが集まる食事には出さないメニューだ。

こうして一人で気ままに食べる時間が、私はいちばん好きだ。夫や子供のために料理をするのは、どちらかといえば義務のようで好きじゃない。その上、仕事仲間など連れてこられては、緊張するばかりでまったく楽しくない。それでも、三十年以上もこの生活を続けているのだから、いい加減慣れてしまえばいいのにと思う」

ここまで読んで泰平が顔を上げたのは、書かれた内容に啞然《あぜん》としたからではなくて、醬油と砂糖が焦げ付くにおいが鼻をついたからだった。

「ちくしょうっ！」

慌てて火を止めて蓋を取ると、鍋にはチョコレートのように見える醬油が沸々《ふつふつ》と煮えたぎり、石くれ状の干し椎茸も、真っ黒になっていた。

「あぢい！」

叫ぶより早く、彼はつまみ上げた椎茸の塊をまた鍋に叩き込んだ。切り傷からは免《まぬが》れた右手の指に、赤くうっすらと軽い火傷《やけど》の痕《あと》が残った。

眉間に皺《しわ》を寄せた泰平は、鍋の中の黒い物体が熱を持たなくなるまで辛抱強く待った。それから一個つまんで前歯に当ててみた。かりっと、嫌な音がした。甘辛く煮られるはずの椎茸は、苦く、塩辛く、炭めいた味がした。そればかりか、黒い物体は、柔らかさの欠片《かけら》も持ち合わせていなかった。

「はっ」

泰平は誰にともなく侮蔑的《ぶべってき》な音声を発し、鍋に水を入れてガス台に放置した。どのみち、明日、馬鹿げた料理教室に出かけていこうなんて気はさらさらなかったのだと、泰平は自分自身に言い訳をした。しかも、椎茸を五個持って。煮た椎茸を五個持っていいそいそ料理教室に出かける六十過ぎの男がどこにいる？

それから妻のレシピ帳を持って書斎に戻り、ビジネス書のかわりにそれを読んだ。所々に愚痴があり、所々にレシピがあり、所々に自慢も書かれていた。

「お父さんは、ずるい」

とか、

「サトには言うんじゃなかった。悔やまれる」

などという愚痴のすぐそばに、レシピのメモがあり、新聞や雑誌の料理記事の切抜きが貼られていた。読みながら泰平は、食べたことがあるものを思い出したりした。料理を作るのが嫌なら、言ってくれればよかったじゃないか。最初に読んだ箇所が頭にひっかかって、泰平を小さく責め立てた。嫌なら何も、仕事仲間なんか連れてこなくたってよかったんだ。

　人に食べさせるのは苦痛と書いておきながら、

「村田さんがこれをおいしいと言って、レシピを欲しがったので、メールで送った」

などと自慢めいたことも書いてあるから、妻の本気がどこにあったのか、いまではもうわからない。

　頁《ページ》をめくっていたら、「椎茸」という文字が目に入ったので、なにげなく手を止めた。

「椎茸の学名は*Lentinula edodes*といって、このedodesが、江戸です、と読めるから日本のものだという話があるけれど、本当はギリシャ語の*εδωδιμος*であり、〈食べられる〉という意味なのだそうだ。

　ギリシャ文字の丸々したところは、なんとなくかわいい。とくに、oに尻尾《しっぽ》が生えた、おたまじゃくしみたいなのが二つ入っているところが好きだ。おたまじゃくしに見えるだけじゃなくて、それじたいがキノコのようにも見える。逆立ちしたキノコ。キノコが二つ並んでいるのはとてもかわいい。一つだけでは、あまり魅力的に思えない。

キノコといえば、子供のころに読んだ『キノコとキノコ』という話を思い出す。キノコという名前の女の子が森に迷い込んで、自分そっくりのキノコと出会う話だ。もしかしたらこの話を読んだから、キノコは二つ並べたほうがかわいいと思うようになったのかもしれないし、それとはまったく関係ないのかもしれない。

そのキノコは茶色のおかっぱをしていて、赤いリボンをつけていたけれど、私は、あれは椎茸だったと思っている。

椎茸が二つ並んでいる姿はとてもかわいい。もし、私が過去にタイムスリップして、どこかの時代にいけるなら、私は私が椎茸だったころに戻りたいと思う」

自分の妻が、過去に椎茸だったことがあったかについて、泰平は思いをめぐらすことをしなかった。そういった類の想像力を、持ち合わせてはいなかったのだ。自分が犬だったり猫だったり、前世で弘法大師《こうぼうだいし》だったりローマの大司教だったりするというような。

小腹が空《す》いてきた泰平は台所へ取って返して「湯をかければ食べられる素麵《そうめん》」を食べた。原理としてはインスタントのチキンラーメンとまったく同じで、湯をかけて蓋をして三分待てば食べられる麵だったが、袋に「料亭○○の味」と達筆で書いてあって、実際、名のある料亭で開発されたものらしい。

「これなら食べても惨《みじ》めな気持ちにならないと思って」

そういって、娘が置いていったのだ。

「毎日食事を作りに来るわけにはいかないから」

多めに入れた湯で腹を膨らまし、風呂に入って、布団に入った。とくにすることもなかったから、早く寝るのがいちばんだった。

翌日目が覚めると、なんだかいい匂《にお》いがした。

まるで妻が煮物でも作っているようだった。妻ではなくとも、たとえば娘が来て何か作っているのかもしれない。淡い期待か夢のようなものに突き動かされて、泰平は寝室を出て匂いのするほうへ向かった。

台所のガス台の上に、昨日置きっぱなしにした雪平鍋があり、こげ茶の液体の中に黒い丸いものが五個浮かんでいた。

泰平は椎茸を摘《つま》み上げた。驚いたことに、その丸い物体は昨日とうってかわって柔らかい。干したやつを戻して煮るの――。娘の言葉が脳裏に甦《よみがえ》った。

「おまえたち、戻ったのか!」

独り言が口をついて出た。

昨日間違っていたのは、「戻す」というステップを完全に忘却していたことだった。乾物は液体につけて「戻し」、しかるのちに「煮る」という二段階を経て食用可能になる。醬油と砂糖で焦げ付いた鍋に水を入れ、一晩抛っておくという暴挙は、期せずして椎茸を「戻し」、あの石くれか泥団子のように見えた姿から、ふっくらしたキノコ本来の見てくれに変えていたのだった。しかもどことなく食欲を呼ぶ香りも放って。

泰平は誘惑に駆られて、椎茸の端を齧《かじ》ってみた。こりっとした歯ざわりを残しながらも、椎茸は甘辛いタレを含みしっとりと柔らかい。その上、嚙《か》んだそばから椎茸本来の旨味《うまみ》が染み出してきて、もはや「うまい」と言っても過言ではなかった。

泰平は鍋を凝視した。

そして椎茸をいったん取り出して、石突《いしづき》を切り、薄くスライスしてみた。もちろん、昨日あれほど頑固に包丁を拒んだ物体は、驚くほど簡単に切れてしまった。椎茸が浸っていた液体はうす甘辛く、これが少し煮詰まるといわゆる椎茸の旨煮ができそうな気がした。気をよくした泰平はそれらをまた鍋に戻して、今度は焦がさないように弱火にかけた。たしかにほんのりと焦げた苦味を漂わせなくもなかったが、椎茸の出汁と調味料の味がそれを都合よく消していて、熱が入るとなんともいい匂いを台所に充満させた。

椎茸がつややかに煮あがったとき、泰平はなんのためらいもなく外出を決めた。ここまで美しく煮えた椎茸を、誰かに見せたくなったのだ。しかも妻が逝ってからというもの、法事の膳《ぜん》以外はまともなものを口にしていなかった。散らし寿司は泰平の好物でもあったのだった。

泰平は杉山登美子料理教室の住所を確認して家を出た。

杉山登美子料理教室は、代々木上原《よよぎうえはら》の瀟洒《しょうしゃ》な住宅街にあった。

細い坂道を上りきった丘の上のお邸《やしき》の呼び鈴を押すと、小柄な女性が出てきて迎えてくれたが、杉山登美子本人はなかなか現れず、タッパーに椎茸の旨煮を入れてきた泰平は、ぴかぴかしたオープンキッチンに置かれたパイプ椅子に腰掛けて待つことになった。

調理台の上には、小さなバットや小皿にそれぞれ、人参、刻み穴子、菜の花、桜でんぶ、切りゴマが入って並んでいた。それからごろごろした蛤《はまぐり》、卵、砂糖、塩、酢の類。清潔な布巾《ふきん》と菜箸《さいばし》、しゃもじ、そんなものが整然と置かれてもいる。

「お待たせしまして」

杉山登美子女史は、長い髪を纏《まと》め上げて大きな髪留めをつけ、ふっくりした体に細かい花模様のワンピースを着て、白いさっぱりしたエプロンをつけていた。

「個人レッスンですのよ」

おどおどしている泰平に杉山女史は笑いかけた。キッチンには、あいかわらず二人しかいなかった。

「椎茸はお持ちになって?」

耳元で女の声が響いた。椎茸――。持ってきたタッパーを出そうとして、急に泰平は恥ずかしくなり、躊躇《ちゆうちよ》の表情を浮かべたが、女史はにっこりして手を伸ばし、おずおずと差し出す泰平の手から煮上がった椎茸を取り上げた。

「いつも何か一つ、作ってきていただくことにしてますの。だってね、散らし寿司のいいところはね、いろんなお味が混じるところなの。一つ一つ別々に下ごしらえしなくてはなりませんでしょう？　かんぴょうと椎茸と人参を一緒に煮るわけにはいかない。一つ一つ別に作るからそれぞれのお味が引き立つのね。それを酢飯に絡めていくの。そうするとお酢が上手にそれぞれの個性をまとめていくのね。個性は強ければ強いほどおもしろいの。だから、一人で下ごしらえするよりも、他の人の作ったものが入るほうがおもしろいの。散らし寿司のおもしろさが引き立つの。あら、いい椎茸」

女史は泰平の持ってきたタッパーの蓋を取って言った。

「今日のお寿司もおいしくなりそう」

それから彼女は白米を磨《と》いで出汁昆布《こんぶ》といっしょに炊飯器に入れ、酢に砂糖と塩を加えて火にかけて寿司酢を作った。その配合やら火加減のこつやらをレクチャーしていたが、泰平の耳には入ってこなかった。ただ、それを取ってこっちに渡せとかいうのに、機械的に従っていただけだった。

「煮蛤のポイントは」

と、彼女は大きな蛤を二つ鍋に入れて酒をふりかける。

「こうして酒蒸《さかむ》ししたものを、いったん取り出しておいて、エキスの出た鍋に醤油と砂糖とみりんで甘辛の汁を煮詰めて、一晩漬け込むこと。こちらに、出来上がったものがあります。次に錦糸卵《きんしたまご》を一緒に作りましょう」

二人は無言で卵をかき混ぜ、砂糖とほんの少しの塩を入れ、熱くしたフライパンに卵液を落として、薄焼き卵を焼いた。二人で並んで、杉山女史の動作を端から真似るようにして泰平も卵を焼いた。菜箸の先で薄い紙のような円形の焼き卵をひっくり返すときは、さすがに大変緊張した。薄焼き卵を錦糸に切るとき、女史は泰平の左ひとさし指のバンドエイドを見咎《みとが》めて、理由を聞き出して笑った。

白米がふっくらと炊き上がり、二人は酢飯作製に入った。飯台に炊き立ての白米をあけ、寿司酢をかけてしゃもじで混ぜる杉山女史の脇で、大きな団扇《うちわ》で飯を煽《あお》ぐのが泰平の役目だ。それから刻んだかんぴょうと人参、刻み穴子が同じ要領で飯に混ぜられていった。泰平の煮た椎茸の半分も細かく刻んで混ぜ込まれた。

「半分は飾りにいたします」

杉山女史はきっぱり言った。

「妻が、来る予定でした」

団扇を動かしながら、泰平はなぜだかそう告白した。

「受けつけの者に、聞きました。急に亡くなられたんでしたか」

杉山女史も手を止めずに答えた。

「くも膜下出血というものでした。とても、なんといいますか、急でした」

「お年はいくつだったのですか?」

「五つ下なので、五十五です」

「おいたわしいことです。お悔やみ申し上げます」

「妻は、椎茸だったことがあるそうです」

唐突に口をついて出た言葉に、泰平自身も驚いた。なぜ自分がそんなことを言うのか、わからなかった。昨晩読んだ、妻のレシピ帳に書いてあったのだ。もし、私が過去にタイムスリップして、どこかの時代にいけるなら、私は私が椎茸だったころに戻りたいと思う、と。読んだときは、そのまま読み飛ばしたが、ふと考えてみると異常な感じがした。

死んだ妻はひょっとして、頭がおかしかったのではないか。

「人は誰でもそうです」

落ち着き払って、杉山女史はさくさくと酢飯に具を混ぜていった。

「誰でも?」

泰平は団扇を止めて、目を上げた。

「料理とはそういうものです」

そう言っておいて、女史は太陽のように笑い、

「さあ、盛りつけですよ」

と嬉しそうに朱塗りの箱を二つ取り出した。漆の四角い器に、甘辛い煮汁で少し色のついた寿司飯がちょうど半分に分けられて、それぞれに敷き詰められた。

「人は料理のことがよくわかっていないのです。料理をしない人には、料理のことがよくわからないのです。奥様はお料理をよくなさった方でしたのね」

女史と泰平は、隣に並ぶ形になった。後は盛りつけなので、用意した具材を好きなように載せていけばいいのだが、

「まずはこちら」

と女史は言って、均《なら》した寿司飯の上に、きれいな黄色をした錦糸卵をふわふわと万《まん》

遍《べん》なく載せていった。泰平もそれにならって、細く切った薄焼き卵をちりばめる。

「私はいまたとえば、この卵が親鳥のおなかにあったときのことを考えているのです。ちなみにこの卵は有精卵です。大山《だいせん》のふもとで生まれましたの。卵を手に取りますとね、殻を通して記憶が伝わってきますの」

「殻を通して記憶が？」

「ええ。私が大山で鶏のおなかにおりましたときの記憶が、甦ってまいりますの」

「え？」

「そうした意味で、私にとりましてもっとも美しい思い出はやはり、ジュンサイだったときの記憶ですね」

「ジュンサイだったとき？」

女史は次々と調理台の上の具材を取り上げては、明るい黄色をした錦糸卵の上に載せていった。

「あれはまだ私が娘の時分でございました」

杉山女史は目を細め、遠い昔を思い出すように顎《あご》を上げた。

それから一瞬盛りつけの手を止めて、清水《しみず》と陽の光を潤沢《じゅんたく》に浴びながら、日がな一日ふるふる揺れていた、芽を出したばかりのジュンサイだったころのことを語り始めた。

「沼は人里からは少し離れておりまして、冬の間は薄氷がかかるのですが、雪解けとともに水ぬるむ春が訪れて、そうなりますともともと開《ひら》けて日当たりのいい場所ですから、私たちはむくむくと体の奥から生命の力が満ちてくるのを感じます。すでに葉は大きく沼にたゆたっておりまして、少し大きな欠伸《あくび》をするような気持ちで体を伸ばしますと、沼の向こうに楢《なら》の木が二本伸びて立っているのが見えました。とにかく水のきれいな沼ですから、朝陽が上るともう空の様子を逐一《ちくいち》鏡のように映し出します。ですから、葉と葉の間は水色の空と白い雲を映して、風が吹けば私たちは空とともに陽光を浴びて揺れるのです。暖かい日が続くと、さすがに待ちきれなくなって、私たちのほうでもどうにか小さな花をつけるのが夏の初めくらいです。それは睡蓮《すいれん》などにくらべたら地味な花ですけれど、あれがふっくらと蕾《つぼみ》を膨らませて、朝、ほこりと開くときの、えもいわれぬ艶《あで》やかで誇らしい感じは、なかなか忘れられるものではありません。花の季節が終わると、とうとう新芽が出てまいりますが、自分の体がこう、つるっつるっと分裂していく。あのなにげないようで相当に強い、寒天質の粘液に護《まも》られて、ぷるるるんと澄んだ水の中に生まれ出るときの感覚は、そうですねえ、年甲斐《としがい》もなく妙な言葉を使うようですが、恍惚《こうこつ》、といったものに近かったと思います。ただ、水の表面でたゆたう、たゆたう日々。あれが私の人生で最も幸福な瞬間でした」

そう語る間に、杉山女史の手は小さなバットや小皿と漆の器を行ったり来たりして、散らし寿司をおいしそうに彩っていった。

「お好きなように載せてみてくださいね」

女史は桜でんぶを散らし、酢バスと椎茸を載せた。

「ルールや法則があるわけではありませんから」

泰平はうなずいて不器用に小皿を取り上げ、煮蛤と菜の花を置いた。

「まあ、なんてきれい」

できあがったものを見て、杉山女史は満足げに溜《た》め息をついた。料理教室は終了のようだった。

漆塗りの箱に自分で詰めた散らし寿司を、泰平は持たされた。

「また、お会いできますか?」

と、泰平は帰りぎわに訊ねたが、杉山女史は一瞬考えてから答えた。

「お教室は予約がいっぱいなので、一度受講されたかたの再受講はご遠慮いただいております。お料理は一期一会ですから。ただ」

女史は少しだけ間を置いて、

「もしかしたら、またいずれ、どこかでお目にかかるかもしれませんね」

にっこりと笑って泰平を送り出した。


泰平はその日、酒を呑みながら一人で散らし寿司を食べた。なんだかひどく、旨いような気がした。

そしてほかにすることもなかったから、台所の隅の料理本が並ぶ棚の中から、昨日見つけた妻のレシピ帳によく似たノートを、ほかに二冊見つけ出した。

全部で三冊。驚くほど昔のものは見当たらなかったが、十年ほど前のものは見つかった。もしかしたら、娘が家を出て、二人暮らしになったころから、書き始めたのかもしれない。

そもそもの初めから、ノートはレシピだったり、愚痴だったり、自慢だったりした。食べたことのあるものと、ないものがあったが、むしろ食べたことのないものに興味が湧いた。そこに、泰平の知らない妻がいるような気がしたからだ。生きていた頃に知っておけばよかった妻、でももう知ることのできない妻、妻自身が秘密にしておきたかった妻、それらがゆっくりと立ち上がる気がした。

翌日から泰平は台所に立つようになった。

妻がノートに書いていた料理を、片っ端から作ってみることにしたのだ。

旨いものもあり、なんだかぴんと来ないものもあった。そのうち、いまひとつはっきりしない味に、あれこれ調味料を足してみることも覚え、妻のノートに自分でも書き込みをした。だからいまでは、このぼろぼろのノートなしに、何かを作ろうとは思わない。

七年というのは、あっという間であり、かつ、振り返ろうとするとずいぶんいろいろなことが起こっている長さの時間でもある。

杉山登美子料理教室はあいかわらずの隆盛で、テレビや雑誌には常に彼女の名前が躍っている。

泰平の娘のサトは、あのころ頻繁に自宅マンションに泊まりに来ていた男と結婚して孫のイトを産んだ。そうしておいて、サトは二年前に離婚して、イトと二人で都心のマンションに暮らしている。孫のイトは、今年四歳になる。

小さい子供を抱えて離婚してしまった娘は、さすがに心細いのだろう。あるいは、どうしても人手が必要だったのだろう。泰平はよく呼び出されて、娘と孫の暮らすマンションに出かけていくし、娘たちも意外によく訪ねてくる。妻が生きていれば、妻がしたに違いないいろいろなことを、泰平は孫のためにいくつもやった。料理が作れなかったら、それでもできることはもっと少なかっただろう。

呼び鈴が鳴り、泰平がドアを開けると、イトを連れたサトが立っていた。

「おじいちゃん！」

と叫んで、孫娘が駆け込んできた。

雛祭《ひなまつ》り前の日曜日だから、娘と孫が食事にやってきたのだ。

「散らし寿司は、おじいちゃんのが、いちばんおいしい」

娘のサトも、本気かお世辞か、そう言って、毎年三月には必ず散らし寿司をねだる。

テーブルの上に用意した漆の器を前にすると、娘と孫は同時に嬉しそうな歓声を上げた。

錦糸卵を小さい指で摘み上げようとする孫のイトに泰平は訊ねる。

「これはなに?」

「これはたがも」

「こっちは?」

「しいたこ」

孫のイトは、卵をたがも、椎茸をしいたことという癖がまだ直らないが、それでもずいぶん大きくなった。

長いこと食事を作っているうちに、泰平も、料理についてだんだんわかってきたことがあった。

いまでは、泰平は自分が椎茸だったころのことを思い出すことができる。

櫟《くぬぎ》の原木の上に静かに座って、通り抜ける風を頰《ほお》に感じている姿を思い浮かべる。

記憶によれば、一本ではなく、もう一本、寄り添って揺れる椎茸がいる。

誕生日の夜

原田マハ

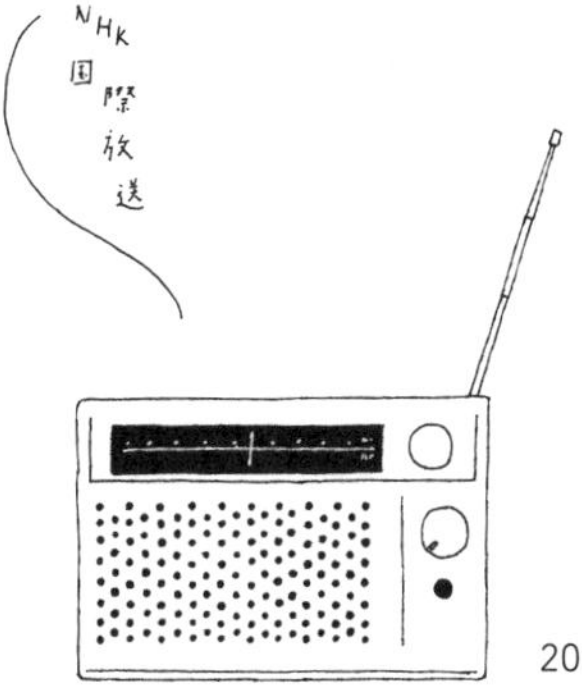

2015年5月23・30日初回放送

原田マハ（はらだ まは）

1962年東京都生まれ。森美術館設立準備室、ニューヨーク近代美術館などの勤務を経て、2002年にキュレーターとして独立。05年『カフーを待ちわびて』で日本ラブストーリー大賞を受賞しデビュー。12年『楽園のカンヴァス』で山本周五郎賞、「王様のブランチ」BOOKアワード、17年『リーチ先生』で新田次郎文学賞を受賞。主な著書に『奇跡の人』『暗幕のゲルニカ』『美しき愚かものたちのタブロー』『風神雷神』など。

帰宅して部屋の灯りをつけた瞬間、あ、そういえば、と思い出した。

今日、あたしの誕生日だったんじゃない？

目の前のくすんだ壁に貼りついたカレンダー。勤務先の病院でもらった、動物の子供シリーズだ。三匹の子ぶたが芝生の上で戯《たわむ》れている写真の下に並んだ日にちの真ん中あたりを見つめて、私は力なく息を放った。

ワンルームの部屋の中はすっかり散らかってしまっている。きのう食べたコンビニ弁当の残骸《ざんがい》、今朝食べたサンドイッチのセロファン。コーヒーカップが三つ、パン皿は四つ、テーブルの上に出しっぱなしだ。洗うのが面倒だから、ありったけの食器を使って、もうあとがなくなったところでようやく洗うことにしている。そんなふうだから、ひとり暮らしの私の部屋の匂《にお》いといえば、カップラーメンとレトルトカレーが混じったような、貧乏男子学生の部屋みたいな匂いなのだ。

そんな悪臭一歩手前の匂いの部屋でも、帰りつけばいつもはほっとする。けれど、さすがに今日は少々オチた。

そっか。あたし、三十歳になったんだ。

肩から提《さ》げていたエナメルふうのバッグを、朝起きたままの乱れたベッドの上に放り投げる。それから、小さなテーブルを占拠していた食器やプラスチックの弁当容器をごそごそと集める。洗い物がいっぱいにたまった流し台に立ち、黙々と食器を洗う。

三十歳。

本当に、いつのまにか、って感じだ。そんな年になるなんて、二十代前半にはちっとも想像できなかった。

友だちの何人かはすでに結婚して、子供が二歳くらいで、郊外にちっちゃなマンションも買って、三十五年ローンよ、だんなにがんばってもらわなくちゃ、教育費もかかるしねえ、などと愚痴《ぐち》に見せかけた幸せ自慢を頼みもしないのに聞かせる。独身の子もいるけど、仕事も恋も楽しそうで、いまが人生でいちばん楽しい、って様子。誰も年を取ることを恐れてもいないし、むしろ謳歌《おうか》している。

特に、梨花《りか》は。

その夜、私は梨花と夕食をともにした。けれど、もちろん、ワインで乾杯するでもなく、バースデーケーキやサプライズのプレゼントもなかった。

いつものように一方的に、今日ご飯しようよ、とこっちのスケジュールもおかまいなしに誘われて（おかげでいつも楽しみにしている連ドラ見逃した）、一方的にしゃべりまくられて、「じゃ、これから彼と会うから」と、一時間後にさっさと帰られてしまった。しかもきっちりワリカンで（私はビール一杯、梨花はカクテルを三杯飲んだにもかかわらず）。

ケチャップのこびりついたパン皿をごしごし洗いながら、正直、くやしかった。

ひどいなあ、梨花。今日、あたし誕生日だったのに。そんなこと、ぜんっぜん忘れてるんだから。

そう思いながら、自嘲《じちょう》する。

まあ、あたしも自分で忘れてたくらいなんだから、しょうがないか。

あたしがこの世に生まれた日。そんなの、誰にも関係ないんだ。

あたし自身にすら。

「雅代《まさよ》ってまだ派遣やってんの？」

三杯目のカクテルを頼んでから、梨花がそう訊《き》いてきた。私は一杯目のビールにちびちび口をつけながら、あーそのカクテル一杯千五百円だよ、それでもやっぱワリカンなの、と考えていたところだった。

「え？　あ、うん。そう。派遣」

私はあわてて答える。

「例の病院？　受付だっけ」

「そう」

梨花は、あはは、と冗談でも聞いたように、さもおもしろそうに笑った。

「やだあ。もう何年勤めてんのよ」

何が「やだあ」なんだ。心の中で文句をたれつつ、すなおに返答する。

「五年だけど」

あはは、ともう一度笑われる。

「勤めすぎだって。そんな地味なとこに。せめて派遣じゃなくて正社員にしてもらったら?」

それは私だって望んでいる。けれどなかなかそうはいかないから派遣会社ってものが成立するのだ。

「そんなに魅力的なの?　病院の受付業務って。それとも派遣っていうのが魅力的だったりして」

肩にふんわりとかかる見事にカールの決まったセミロングの髪。その毛先をラインストーンの輝くネイルの指でちょこちょこと触りながら続ける。

「まあ、受付も派遣も責任なさそうだもんねえ。あたしも一度、そういう立場になってみたいかも」

私は手にしていたビールグラスを口もとでぴたりと止めた。飲まずにテーブルに戻す。

私の視線はビールグラスを持ったままの自分の手の甲に注がれている。顔を上げなくても、梨花がじっとこちらを注視しているのを感じる。痛いくらいの挑発的なまなざし。

「大変なのよね、外資系企業の役員って。仕事は膨大、責任も重大、苦労も無限大」

ふふ、と自慢げな笑い声が耳に響く。

「ま、そのぶん、ステイタスも年収も増大、ってわけだけど」

自分の手もとを見つめたまま、ふうん、と私はさりげなく返す。

「いいよね、梨花は。ほんと、うらやましいな」

まあね、と軽く流してから、梨花はとどめを刺す。

「雅代もいつまでもそんなんじゃだめでしょ？　人生、負けたまんまで終わっちゃうよ」

余計なお世話だ。

そう言いたくても、口が開かない。にらみ返してやりたくても、目を上げられない。

梨花は、いまを盛りに咲き誇る花。美しく華麗で、大輪の薔薇《ばら》のような存在なのだ。

お金持ちの家庭に生まれ、名門私立大学卒、アメリカの大学でＭＢＡを取得。またたくまに人生の勝ち組階段を駆け上がっていった。三度目の転職で、新興の外資系投資会社の日本支社の取締役に大抜擢《だいばってき》。二十九歳で年収三千万、愛車はＢＭＷ５シリーズ、彼は同じく外資のエリートアメリカ人。趣味はドライブ、乗馬、高級旅館の泊まり歩き。

私にないすべてを持っている女。

そう。梨花は生まれたときから、もっとも香り高く色鮮やかな、高級な薔薇として咲く運命にあったのだ。

一方の私。普通のサラリーマンの父親とパート勤めの母のもとに生まれ、小中高一貫して地元の公立校。大学入学で上京して、以来ひとり暮らし。卒業してすぐ派遣会社に登録。受付業務を何カ所かつないで、いまの病院には五年勤続。が、転職もないから新しい出会いもなし。年収三百万、愛車は中古の自転車、二十代はずっと彼氏なし。趣味はジャンクフードを食べながら連ドラを見ること。日陰に細々と咲くペンペン草みたいだ。

梨花と私のあいだに共通するのは、女であることと、同い年なことと、同郷であるということ、くらいだ。

ここまで真逆のふたりが、どうして友人同士なのか。

梨花と私は、いわゆる「幼なじみ」なのである。

私が三歳の頃、わが家があった地域が地上げされて、びっくりするような高級マンションに生まれ変わった。ラッキーなことに、うちもその裾野《すその》に入居できたわけだ。そして、その最上階に越してきたのが梨花の一家だった。マンションのいちばん上といちばん下、階層自体もその後の運命を示しているようだったが、子供だった私たちは、そんな将来の階層のことなど考えもせずに、よく一緒に遊んで過ごした。いつも私が梨花の家に遊びにいって、同じマンションとは思えないゴージャスなインテリアに目を奪われ、広々した梨花の部屋で人形遊びやテレビゲームに熱中した。

無邪気《むじゃき》だったとはいえ、初めから私たちの役割はごく自然に決まっていたように思える。ごっこ遊びをすればいつでも梨花がお姫様や芸能人の役で、私は召使いか追っかけの役をやった。ゴージャスなインテリアに圧倒されたのか、はたまた上品な梨花のママがいつも出してくれるおいしいお菓子にほだされたのか、私はいつも進んで召使い役を演じるのだった。ゲームをすればわざと負けるし、アイドルグループの中では注意深く梨花が好きな男の子以外のいちばん地味な子を「あたしこの子がいい」と指さして見せた。

違う学校に通うようになってからも、上京してからも、社会人になってからも、私たちは友だちだった。いや、正確に言うと、いつも上位に立つ梨花に、私がつき従ってきた。

そういうのを友だち、と呼べるんだろうか。

梨花以外にも友だちはいた。梨花以外の友だちといると、自然に大口を開けて笑うことができた。けれど、梨花に対してだけ、メールでも電話でも、一緒にいればなおのこと、私は後ろに一歩下がってしまう。梨花に誘われると断れなかったし、どんなことを言われてもへらへら笑って、うんうん、と相槌《あいづち》を打ってしまうのだ。

おそらく梨花にとっては毒にも薬にもならないような人間である私。そんな私と一緒にいて、いったい梨花は何が面白いんだろうか。

きっと梨花のまわりには、頭もよくて仕事もできて趣味も会話も合う人がたくさんいるだろうに。

と、やっぱりヒクツなことをつらつらと考えてしまう私。

子供の頃、誕生日会ってものがあった。どこの家でも親しい友だちを呼んでやっていたけど、私はこれをやりたくなかった。

誕生日会をやれば友だちを呼ぶことになる。そうなると、梨花を呼ばないわけにはいかない。

年に一度だけ、自分が主役になれる日。そこへ梨花が来てしまったら、私はたちまち端役《はやく》に降格してしまうのだ。

そんなわけで、小中学生時代は、家族だけで地味に誕生日を祝ってもらった。高校生になってからは、誕生日は特別な日ではなくなった。社会人になってからは、なおさらだ。

梨花は逆だった。年を取れば取るほど、パーティーは華やかに、派手になっていった。

去年なんか、グランドハイアットのフレンチダイニングを貸し切りにして盛大な会を開いたっけ。私は着ていく服もなく、行ったところで気詰まりなだけだと思い、悩んだ挙句、「せっかくだけど……」とメールで断った。

そんなふうだから出会いもないんだよ。

梨花からの返信メールには、冷たい言葉がぎっしりと詰まっていた。

だって、梨花の知り合いの華やかな人たちと出会ったところで、何の進展も期待できないし。

そんな心の中のつぶやきを、メールにして返すことはなかった。

思い出されもしなかった私の誕生日の一カ月後が、梨花の誕生日だった。いつもなら五月末にはパーティーのお誘いメールが入る。けれど今年は音沙汰《おとさた》がなかった。どうしたんだろう、と気になった。くすんだ壁の上の子ぶたのカレンダーを眺めながら、ふいにおかしくなった。

自分の誕生日のときは、当日の夜まで気がつきもしなかったのにな。

梨花の誕生日は、三週間もまえから気を揉むなんて。

どうせ今年も去年に輪をかけて盛大にやるはずだ。だとしたら呼ばれたところで断るしかない。それに去年のこともあって、今年はリストに入れられなかったのかも、と思った。

まあ、いいか。

肩の荷が下りるかと思いきや、不思議なさびしさがあった。カクテル三杯ワリカンの夜、つまり私の誕生日から二週間経《た》っても、梨花からはなんの連絡もなかった。

いつもならどんなに忙しくても、自慢や愚痴のメールや電話が三日に一度は入る。面倒くさいな、とずっと思っていた。一〇〇パーセント自分中心の梨花の話題に、従順に相槌を打つのが私の役目。疲れるだけでなんにもいいことない、と感じていた。だから、こっちから連絡をしないのがいつのまにか自分の中の決めごとになっていた。

あたしこのさき一生、梨花から離れられないのかな。

友だちって、やっかいだ。これがオトコなら、ウマが合わなかったり嫌いになったりすれば、別れてそれっきりになる。友だちは、そうはいかない。面倒でもなんでも、友だちになったからには、よっぽどのことがない限り付き合い続けていくほかないのだ。

そのくせ、こんなに長いあいだ梨花から連絡がないと、不思議に胸騒ぎがした。具合悪いのかな。仕事が忙しすぎるんだろうか。彼と別れたのかな。実家で何かあったのかな。事故にでも遭ったとか。

悪いほうへ悪いほうへと考えてしまう。そのうち、気が気でなくなってきた。それでも向こうから連絡してくるのを待って、従順な召使いのように私は辛抱強く待った。

とうとう梨花の誕生日がきてしまった。

私は緊張してその日一日を過ごした。携帯電話は結局鳴らなかった。

あたし今日、人生でいちばん長い時間をかけて梨花のこと考え続けたな。

帰宅の道々、そう気がついた。

最初は梨花がいまどうしているか、困っているんじゃないか、ヤバいことになってるかも、と最悪のシナリオを考え続けた。それから、いままでの私たちの関係、出会ってから今日までのことを反芻《はんすう》した。色々な思い出があった。いつも後ろに一歩下がりつつも、梨花のまぶしい背中を眺めているのはそんなに嫌じゃなかった。くやしいなあ、うらやましいなあ。そんなふうに思いながらも、思い切り輝いている友を憧《あこが》れながらみつめていた。

そして、不思議なことに、こんなにふっつり連絡がなくなっても、私は信じていたのだ。

私たちが友だちでなくなることはないのだ、と。

いつものように帰宅し、灯りをつける。目の前の壁の、月が変わった子犬のカレンダー。

肩からバッグを提げたままぼんやりと眺めていると、玄関のチャイムが鳴った。心臓が止まりそうになる。

インターフォンには、見知らぬ女性の顔が映っている。

「東《あずま》様、ジューンフラワーの春日部《かすかべ》と申します。お花を届けに参りました」

ドアを開けると、いっぱいのピンクの薔薇が目の前に現れた。私が声も出せずにいると、

「ニューヨークの夏川《なつかわ》梨花様からです」

笑顔で私の腕に花束を抱かせた。

「こちらがメッセージカードです。受け取りのサイン、お願いできますか」

驚いた。

カードは梨花の手書きだった。一カ月前、つまり私の誕生日に、梨花は花束を注文していた。そしてその三日後に、ニューヨークに転勤していたのだ。

雅代へ
突然花束が届けられて、さぞやびっくりしただろうなあ（笑）。
実は会社が倒産しかけてて、テコ入れしなくちゃならなくなって……三日後に、アメリカの本社に転勤することになりました。

今日、それを言おうと思ってた。でも、いつものことなんだけど、雅代の顔を見ると、弱音を吐いちゃダメだ、って気持ちになる。雅代だけなんだよね、私が素《す》の自分でいられる相手は。そしてそれを受け止めてくれるのは。

私はいつも雅代に甘えて、頼っていました。でもそれは、もしかするとあなたを困らせていたんじゃないかな、って、ずっと思ってた。なかなか伝えられなかったけど。そろそろ私も、雅代から独立しなくちゃね。その上で、いつまでも友だちでいられたらな、って思います。

それから、二十七年間、てれくさくて一度もちゃんと言えなかったけど。

お誕生日おめでとう。

一カ月後の私の誕生日に、この花束が届くように手配していきます。きっとその頃には、仕事も人生も立ち直らせていられるように、決意をこめて。

梨花
PS　ちなみに海外でも携帯番号変わりませんので。たまには電話ちょうだい。

肩から提げていたエナメルふうのバッグを乱れたベッドの上に放り投げる。携帯を取り出し、梨花の番号を探す。ニューヨークって、いま何時だろう。たぶん、朝。今日が始まったばかり。

だったら、開口一番、言ってもいいよね。

ハッピー・バースデー。とうとう三十歳だよ。

梨花。あたしたち、これで同じだからね。同じスタートラインに、立ったんだからね。

最後のお便り

森浩美

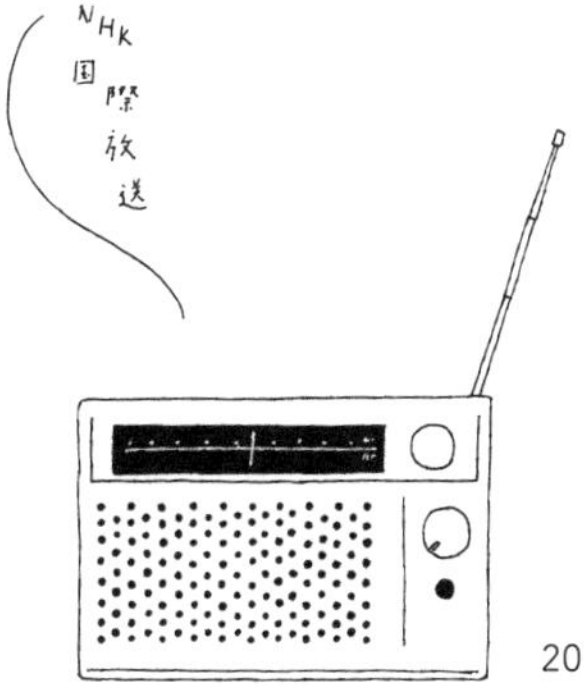

2017年4月15・22・29日初回放送

森 浩美（もり ひろみ）

放送作家を経て、1983年より作詞家として活動。田原俊彦『抱きしめてTONIGHT』、SMAP『青いイナズマ』『SHAKE』『ダイナマイト』、KinKi Kids『愛されるより愛したい』など数多くのヒットナンバーを手がける。06年『家族の言い訳』で作家デビュー。その後、『こちらの事情』から『終の日までの』に至る家族小説短編集をシリーズ刊行。主な著書に『こころのつづき』『ほのかなひかり』など。

十七階にある〝スカイスタジオ〟と呼ばれる小部屋の窓の向こうに、遠く近く煌《きら》めきを放つ、東京の美しい夜景が宙に浮かんでいる。スタジオには窓が二面あり、新旧の名所、東京タワーとスカイツリーの姿を両方とも眺めることもできる。

もうこの席に座って、こんな風景を見ることは二度とないのかもしれない。そう思うと、ふと切なくなる。

私がアナウンサーとして勤務する〝東京中央放送〟通称〝TCH〟は、テレビとラジオを有する放送局で、全国に系列局を持つキー局でもある。

十年程前、JR大崎《おおさき》駅前の再開発に合わせ、社屋を四谷《よつや》から移転させた。ガラスの塔のようにそびえる社屋は見栄えがするが、どこか味気ない。加えて、入社三十年になる私は現場の一線で働いたという実感のある四谷の社屋に愛着があり、今なお懐かしい。

入社してから主にテレビのニュース番組に関わってきた。四十歳前後の二年間で、夜十一時台のニュース番組のメインキャスターを務めたこともある。

移転して間もない頃から、私の主戦場はラジオへと移った。何事も時の流れというものか。新しいものに取って代わられる。仕方のないことだ。名所も建物も番組も人も……。

——間もなく、曲終わりです。

ヘッドフォンを通じて、番組のディレクターである白崎《しらさき》の声が聞こえた。私は防音ガラスで仕切られた通称〝サブ〟と呼ばれる副調整室にいる白崎に頷いて応えた。

この番組『こころの焚き火』が始まって四年と七ヶ月が過ぎた。番組は、月曜から金曜の午後十時から始まる一時間の生番組だ。スタート時にはあまり期待されなかった。しかも、ナイター中継が延びれば度々放送が中止になった。

それでもスポンサーの理解と熱心なリスナーに支えられ、放送回数を積み重ねてきたのだ。内容は、日常に起こったちょっとしたいい話を紹介したりなどし、昭和のヒット曲を挟みながら進行する。思い起こせば、突然の腹痛に見舞われたり、噎《む》せ返って喋れなくなったりと、それ故のアクシデントも多々あったが、なんと言っても生放送は格別で、スタジオに漂う緊張感は醍醐味のひとつだ。とはいえ、マイクに向かうのは私ひとり、制作スタッフは白崎とアシスタントという三人だけの空間だ。自由気ままな雰囲気もある。

——では、葉書、お願いします。

再び、耳元で白崎の声が聞こえた。曲がゆっくりとフェイドアウトしていく。

「はい、それでは、本日最後のお便りをご紹介しましょう」

私は葉書を手にした。

匿名希望、練馬《ねりま》区の七十五歳の女性からのものだ。私の母親と近い年齢だ。達筆ではないが、ボールペンで書かれた文字は整っていて読みやすい。

最近ではすっかり、ラジオ番組への投稿は電子メールが主になりつつあるが、この番組のリスナーには年配者が多く、直筆の葉書を送ってきてくれる人がたくさんいる。中には相当な崩し字もあり、読むのにひと苦労するが、それでも手書き文字には温かみが感じられてほっとする。

——そうですか、お孫さんのお受験、うまくいってよかったですね。でも早速、娘さんから支援要請があったとは。親御さんは幾つになっても大変なんですねえ。

通常は番組が始まる前の打ち合わせの際、採用分の葉書やファックスなどをもらうのだが、私はすべての〝お便り〟を初見で読むことにしている。事前に内容を知っていると、新鮮な感想が言えないからだ。

――困ったなあ、とおっしゃりながらも、文面から、笑顔が感じられます。頼りにされるおばあちゃん、まだまだ元気でがんばりましょう。

私は少し笑った後、ひと呼吸おいて続けた。

――さて、そろそろお時間が参りました。木曜夜のお別れの曲は、布施明さんで『シクラメンのかほり』です。それではまた、明晩お会いしましょう。

静かなギターのイントロが流れ始めた。

私はヘッドフォンを外し、原稿やファックス用紙、葉書を重ねたものを、テーブルの上でとんとんと軽く叩き、角を揃えた。そして、ミネラルウォーターで喉を潤すと、二度三度と首や肩を回し、上体を反らして思い切り伸びをした。

オンエアーを示す赤いランプが消え、局のジングルに続いて、ＣＭが流れ始めた。

――はい、オッケーです。

白崎はそう言って、大きな輪を手で作ってみせた。

私は椅子から立ち、防音ドアを押し開けてサブへ移動した。

「シラやん、お疲れっ」

「テラさん、お疲れさまです」

アナウンス室では副部長と呼ばれているが、白崎からはそう呼ばれる。私もいつの間にか彼のことを、親しみを込めて〝シラやん〟と呼ぶようになった。白崎はひと回り下の世代だ。番組開始当初は、白崎が選ぶ昭和のヒット曲が八十年代のものばかりで、やはり年齢差を感じた。しかし、この頃は白崎もリスナーのことを考え、七十年代のものを意識して選曲しているようだ。

「明日が最後だって言いませんでしたね」

「うん、ああ。まあさ、殊更に、最後だ最後だって言わなくてもいいだろう。さりげなく消えていこうや」

今週月曜日の放送で、番組が終了することを一度だけ告げた。有り難いことに、継続希望や終了を惜しむ便りが多数寄せられた。

「自分で作ってて言うのもなんですけど、最近にはない、ほっとするようないい番組だと思うんですけどねえ。まあ、威張れるほど、数字は取っちゃいないですけど」

白崎は手にした紙コップの底を覗き込みながら大袈裟に溜息を漏らした。

開始当初からスポンサーをしていてくれた中堅ハウスメーカーが、業績の悪化から他社と合併、いや吸収されることになり、新体制の方針とやらでスポンサーを降りることになったのだ。この番組枠は、お笑い芸人を起用した、もっと若い世代向けの番組に変わる。

「改編シーズン過ぎてから、何もこんな中途半端な時期に……」

「そうだな。ま、でもそれぞれに事情ってやつがあるんだ、残念だが仕方ない。いやむしろ、これだけ長く支えてもらって感謝の気持ちでいっぱいだよ」

そうなのだ、私はこの番組のお陰で〝現役〟でいられたのだ。

あれは、もう七年前になる。高校時代の友人でつきあいのある大野《おおの》から電話が入った。大野はハウスメーカーで部長職にあった。

――寺田《てらだ》、実はひとつ頼み事がある。うちの専務、つまり社長の息子なんだが、やっと年貢を納めることになってな。ま、跡取り息子の披露宴ともなれば、それなりの規模のものになる。だから、それに見合った司会者が必要なわけさ。そこで、お前に頼みたいんだ。いや、その、社長にな、TCHの寺田とは親しい仲だって、つい喋っちまった。

ニュースキャスターとしての印象が未だ残っていた頃だ。

――大野、点数稼ぎをしたいってだけだろ。

――その通り。な、同級生のよしみで、頼む。

入社して以来、この手の話は少なからずあった。それなりの小遣い稼ぎになっていたことも事実だ。ただ最近の局内には、個人的なつきあいで〝司会業〟を受けることは好ましくないという風潮があり、許可を取ることも難しくなっているので自粛傾向にある。現在、若い部下たちがその手の話を知ると「副部長たちの時代はよかったですねえ」と羨《うらや》ましがられる。

結局、私はそれを受けた。品川《しながわ》のホテルの大広間で行われた披露宴は、千人程が招待された盛大なものだった。

披露宴が無事にお開きとなり、控え室に戻って寛《くつろ》いでいると、披露宴の前にも丁重に礼を言われていたにも拘《かかわ》らず、社長の松尾《まつお》が挨拶にきてくれた。

「今日は息子たちのために司会を引き受けてくださり、ありがとうございました。お陰さまで、滞りなく行うことができました」

改めて礼服姿の松尾を見ると、額や目尻に深い皺《しわ》が刻まれていた。経営者……少なくともそれまでに知り合った人たちは、どこかギラギラとした雰囲気を纏《まと》っていたが、松尾にはそれを感じなかった。

「心ばかりのお礼で申し訳ないのですが」

松尾は紫の袱紗《ふくさ》を出し、中から祝儀袋を取り出した。司会の報酬だ。報酬には相場があるらしいが、私は事前に額を言うことはない。少々ええかっこしいのところはあるが「お気持ちで結構です」というのが私のスタイルだ。

「お心遣い、大変恐縮です。では遠慮なく」

私は頭を軽く下げると、祝儀袋を両手で受け取った。品のないことだが、厚みの感触で松尾が用意してくれた報酬は結構な額だと分かった。

「どこかで一献《いっこん》とお誘いしたいところですが、まだちょっと野暮用がありまして。またの機会におつきあいをお願いします」

松尾の言葉は社交辞令だったとしても、なんとなく、いつかそういう機会があるのではないかと思った。

翌々年、私は赤坂《あかさか》のホテルで開かれた、ある経済団体の新年会で司会をすることになった。これは会社からの業務命令的なものであり、入社二年目の女子アナ、高津弥《たかつや》恵子《えこ》と一緒に、司会を務めたのだ。高津が振り袖にマイクスタンドを引っ掛けて倒しそうになるという小さな粗相はあったものの、会は無事に進行し、お開きとなった。

会を終えて、ホテルの玄関前にあるタクシー乗り場で順番待ちをしていると、一台のシルバーのベンツが目の前で停まった。スモークガラスが静かに下り、見覚えのある顔に名前を呼ばれた。

「寺田さん」

「あ、松尾社長、ご無沙汰しております」

「私も新年会に出席していたのでね。今日は遠くから司会席の寺田さんを拝見していましたよ」

「そうだったんですね」

「寺田さん、お時間はありますか？　いや、随分経ってしまいましたが、もしお時間があれば、ほら、いつぞやの約束、一杯つきあってもらえませんか」

特に予定はなかった。タクシー待ちの行列ができていたし、何より吹き抜ける風が寒かった。私はその誘いを受けることにした。

新橋《しんばし》の路地裏にある小料理屋に連れて行かれた。選ぶ店も松尾らしい感じがした。

「実は賑やかな場所は苦手でしてね。昔から、ここに来ると落ち着くんです」

松尾はそう言って、割烹《かっぽう》着《ぎ》姿の女将が差し出すおしぼりを受け取った。

酌を交わし、肴を突《つつ》きながら、披露宴のときの話に始まり、やがて政治、経済の話題になった。

「我が社も、少しばかり厳しい状況です」

「いや、うちの局もぐんと収入が落ち込んで大変です。番組制作費のカットは、もう目を覆わんばかりの惨状で」

局内から聞こえてくるのは悲鳴にも似た声ばかりだ。もっとも、下請け会社からすれば、それでも天国のように映っているだろうが……。

「寺田さんは今もニュース番組を?」

「はい。でも、最近はラジオでニュースを読んでます」

仕事の中心はラジオに移っていた。肩書きは副部長に変わっていたが、管理職は私にとって魅力のないものだ。だが、先輩たちが通ってきた道でもある。

「アナウンサーは、何か喋ってるからアナウンサーだろ。デスクに座ってハンコをついていてもしょうがない」

私の最近の口癖だ。若い頃……いや、怖いもの知らずの頃には、窓際へ追いやられることすら想像できなかった。

すると、松尾が静かに口を開いた。

「ラジオですか……。若い頃、よくラジオを聴きましたよ。私は中学を出て地元長崎の工務店に入り、そこから裸一貫で会社を興し、今に至ったわけです。当時、現場でね、トンテンカントンテンカンって音に混じって、ラジオの音が聞こえてきたもんですよ」

成功を収めるには苦労もしたはずなのに、松尾からはそういう匂《にお》いがしない。

「冬の寒い日に、一斗缶に焚き火を熾《おこ》して、その周りで木材の切れっ端なんかに腰掛けてね、弁当箱のメシをかっ込みながら歌謡曲を聴くのが好きでしたよ」

「焚き火……ですか。そういえば最近は見掛けなくなりましたね」

「焚き火っていうのは、なんだか、心を温かくしてくれました。それにあの赤い炎を見てると、こう、勇気というか、やってやるぞって気になったもんです。今の日本には、焚き火そのものがなくなっただけでなく、燃える気持ちやほっとできる何かがなくなってしまったようで、まあ、なんとも淋しい気がします」

松尾はおちょこを持つ手を止めて視線を遠くへ向けた。

「ああ、私たちの業界も同じですかね。そういう焚き火のような番組がなくなってしまいましたね。ガサツなものばっかり増えてしまって……。もっとも、番組の心配より、自分の心配をせねばなりませんが……」

話の成り行きとはいえ、つい口が滑《すべ》り、愚痴になった。

「は、どういうことですか?」

「いや、その……。おそらく夏前の人事では、どうやらアナウンス室からお払い箱になりそうです」私は自虐的に薄笑いを浮かべた。

「不勉強で恐縮ですが、アナウンサー職というものは退職まで続けられるわけではないのですか」

「ええ、残念ながら」

「いや、社内の事情もおありになるんでしょうが、それはもったいない気がしますなあ」

アナウンサーは専門職だが、まったく畑違いな部署に異動になるケースは少なくない。アナウンサーを全《まっと》うして退職できる者は限られている。とはいえ、まだ異動ができるというのであればマシなのかもしれない。

専門職故に、他の業務には疎くなる。要領のつかめない部署へ移ることは新人と同じで、半端に歳をとった新人ほど扱いが厄介だ。よって受け入れ先の部署が承知してくれなければ異動はできないのだ。アナウンス室に長く残るというのは、出世したか、引き取り手がないか、そのふたつなのだ。

「会社の考えですから、異動は仕方ないとしても……。うちの母親が私の出る番組を楽しみにしているようで。まあ、唯一の親孝行のようなものですから……」

「それはそうでしょう。誰でも叶うというものではないでしょうから。そういう職業の息子さんを持った親御さんの特権ですからね。きっと自慢なんですよ」

「いやいや、そんなことは……」

妙にくすぐったい気分になって頭を掻《か》いた。そんな私の隣で、松尾が手のひらをじっと見つめているのに気づく。

「寺田さん」

「あ、はい……」

「うちは父を戦争で亡くし、母が貧しい中で自分の楽しみなど一切考えず、魚の加工工場に勤め続けました。黙々と形振《なりふ》り構わず働いて兄弟三人を育ててくれましてね。だから、私は一旗揚げて、そんな母に楽をさせてやりたいと頑張ったものです。私の夢はね、長崎に母の家を建ててやることだったんですが、叶える前に亡くなってしまったので。親孝行の真似事さえできず仕舞いです……。そんな私に比べれば、あなたはしっかりと親孝行をしてらっしゃる」

「そうだといいんですが。まあ、それにしてはよく文句を言われますよ。『暗いニュースばかり読んでないで、明るいニュースだけ読めばいいものを』……なんて。そんなわけにはいかないですよ」

重くなりかけた雰囲気を解《ほぐ》そうとして、私は笑ってみせた。

「明るいニュースだけ……ですか。いや、お母さんはいいことをおっしゃる。世の中はそうあるべきです。ほお、そうですかあ……」

松尾はいたく感心した様子であり、黒革の手帳を取り出すと、何か書き記した。

松尾と会った日から一ヶ月が経った頃、思いがけない知らせが入った。新しいラジオ番組の企画が広告代理店を通じ提案され、しかも、そのパーソナリティーには私が指名されていたのだ。タイトルは『こころの焚き火』。スポンサーは松尾の会社だった。かなり異例な編成になったが、私にとっては何ものにも代え難い朗報であった。

お礼の電話を掛けると、松尾は穏やかな口調で答えた。

——お母さんの想いを叶える、いい番組にしてください。それで私の分の親孝行もお願いしますよ。

松尾の言葉に身震いした。

そして、桜前線が関東へ北上してきた頃、番組はスタートしたのだった。


「あ、そうだ。お母さんのためのカセットテープも、明日で最後ですね」

白崎が我がことのように残念な表情を浮かべた。

母は心臓病を患い、夏の終わり頃から府中《ふちゅう》の大学病院に入院している。病室では消灯時間後に始まる番組を聴くことができない。いや、イヤフォンを耳に差し込んで、こっそりと聴けば聴けないわけではない。ところが……。

「暗闇でごそごそしてたら、他の人の迷惑になるだろう」

「だから、個室にすればよかったんだよ。保険だってあるし、足りなけりゃ、オレや姉さんたちだって、それくらいの費用は出せるんだから」

「イヤなの、ひとりの病室は。人の気配があれば安心だから」

八十歳を前にして、頑固なのか淋しがり屋なのか、またはその両方なのかよくは分からないが、四人部屋を希望した母の言い分はそういうことだ。

そこで一週間分の放送を録音して、土曜日に見舞うときに手渡すことにした。

「今時、カセットテープだもんな……。シラやんには、余計な手間を掛けさせちゃったよなあ」

「それくらいお安い御用ですよ」と白崎は手を振った。

母は、次から次に発売される新しい家電に追いつけないようだ。もっとも、最近は私も分からないことが多いので、あまり人のことは言えないが……。

「昔、オレが発声練習とかしていた小さなラジカセを譲ったんだ。それを今でも使ってる。物持ちがいいというかなあ」

「テラさんのお母さん、番組が終わっちゃうと淋しく感じるでしょうねえ」

「それがさ、実は母にはまだ言ってないんだ。番組が終わること」

終了を告げた月曜の放送分のカセットは、まだ手元にある。だから母は知らない。

「きっと、番組が終わるんだよって言ったら『お前がしっかりしてないから番組が終わっちゃうんだよ』……てなこと言って、また叱《しか》られるのがオチだな、たぶん」

「厳しいっすねえ」

「ああ、昔からな。厳しいっていうか口煩《うるさ》いっていうか。いちばん言われたのが『お前は物事を全うしたことがない』っていう小言だったよ」

事実、小さい頃の習い事、例えば、ピアノや算盤《そろばん》など、自分で伸び悩みを感じると「オレ、もうやめる」と言い出すような子であった。

ふたつ年の離れた姉、典子《のりこ》は要領がよい上に飲み込みが早く、習い事はやり通す人だったので、余計に私は堪《こら》え性《しょう》のないダメな弟として映ったのかもしれない。

「中学、高校の部活も、サッカーやったり、バスケやったり、挙げ句に帰宅部を決め込んだし」

加えて、現役での大学受験に失敗すると「オレ、もう就職する」ってごねたりもした。そして、行き着いた先が離婚だ。

私の結婚生活は三年保《も》たなかった。何が原因かと問われても未だによく分からない。別れた妻は、今で言うCAだった。まだスチュワーデスと呼ばれていた時代に彼女は国際線に乗務していた。私が中東へ取材に向かう機内で知り合い、半年後に結婚。絵に描いたような業界カップルだと同僚から冷やかしの声が上がったものだ。

しかし、お互い仕事が優先で、擦れ違いの生活が続き、一緒に暮らすことに意味を見出せなくなった。どちらからともなく「別れようか」という言葉が出たのだ。子どもがいなかったのも、すんなり離婚に向かわせた理由かもしれない。

母に離婚を告げたときの、なんとも切ない、それでいてどこか呆れた様子のあの顔は忘れられない。私生活では、とても孝行息子とは言えないのだ。

「そんな調子だから、母には頭が上がらないってわけさ。小言のひとつやふたつ言わせるっていうのも親孝行の内だってことで。まあな、思えば、親父が早くに亡くなって、あの人は苦労をしてきたんだ」

私の実家は井《い》の頭《かしら》線の沿線にある。最近はすっかり街の景色も変わってしまったが、私が子どもの頃は、白菜畑とキャベツ畑が駅前に広がっていた。今でも、少し歩けば栗畑がある。

駅前商店街の一角で、うちはクリーニング店を営んでいた。父が始めた店だった。蒸気の向こうで父がアイロン掛けをする姿を朧《おぼろ》げに記憶している。

私が小学三年生のとき、父が肝硬変で入院した。病人を抱えながら、母がひとりで店を切り盛りしたのだ。それから入退院を繰り返した父は、二年後に他界した。親戚から店を畳むことを勧められたようだが、母は「お父さんの店だから閉めるわけにはいかない」と言い続けた。

渋々、引退を決めたのは、十五年前のことだ。腰痛が悪化したのがきっかけとなった。

「母さん、気持ちは分かるけど、やっぱり潮時だよ」

私と姉が必死に説得をして、やっと閉店を決めた。

建物を建て替え、一階はドラッグストアに貸し、二階と三階を住居スペースとした。そこで母は姉夫婦と一緒に暮らすことになった。長男だが、姉たちに実家を譲ることに異存はなかった。むしろ、その在り方がよいと思えた。姉が一緒なら心配はない。

「そういうことで、曲がりなりにも今のオレがあるのは、尻を叩いてくれた母親がいてくれたからだし。何より、意外と母親のことを好きだったりするからな。あれ、オレってもしかしてマザコンか？」

私は笑いながら、鼻の頭を人差し指で擦《こす》った。

「いいんじゃないですか、それで」白崎は何度か頷いて答えた。

「だから、この番組はさ、いつかは来るであろう終了の日まで、きっちり勤め上げようと腹を括ったんだよ」

四年七ヶ月の間、私は体調管理を怠ることなく過ごした。それでも風邪で熱が出たこともある。しかし、放送がある限り、私はマイクの前に座ったのだ。

「残念な気持ちもあるが、本音を言えば、どこか解放されるっていう安堵感もある。ま、とにかく、明日の放送を全うすることに全力を尽くすってことだ。その先のことなんか、今はどうでもいいよ」

「じゃあ、明日、番組が終わったら、パッと打ち上げに繰り出しますかあ」

「ああ、男だけでな」

私は白崎の肩をポンと叩き「じゃあ、お先に」と言ってスタジオを後にした。

「最後の最後で、風邪なんかひかないでくださいよ。どうやら明日は師走並みの寒波が来るらしいっすから」

白崎の忠告に、振り向くことなく右手を上げて「了解」と応えた。


白崎の言っていた通り、番組最後の日は気温の上がらない寒い一日となった。夕方から雨も降り出し、予報では夜半にかけて一段と冷え込むらしい。私は窓際から雨粒の落ちてくる黒い空を見上げた。

私にとって意味のある一日であっても、他の者にとってはいつもの一日に過ぎない。アナウンス室はいつもと変わりない様子だ。

壁に取り付けられた時計を見る。三十分後には番組が始まる。そろそろ母の病院は消灯時間だ。最後の放送くらい、リアルタイムで聴いてほしかったが……。

「さてと、行くか」

誰に告げるともなく、そう独り言を呟《つぶや》いて腰を上げた。

アナウンス室を出て、廊下をゆっくりとした足取りで〝スカイスタジオ〟へ向かう。

この通路を私は何度通ったのだろう。

少しばかりの感傷に浸りながら、十七階でエレベータを降りたとき、上着の胸ポケットから微かに振動するスマホの気配を感じ取った。これから本番に臨もうとする前に、雑事につきあう必要もなかろう。無視だ。やがて振動は消えた。しかし、すぐに再び振動し始めた。母のこともあるので少し気になり、相手くらいは確認しようかとスマホの画面に目を落とした。姉さん……。

——はい、もしもし。姉さん、どうかした？

——母さんが、母さんの容態が急変したって、今、病院から連絡が入ったのよ。

取り乱した姉の声から緊迫感が伝わる。一気にざわざわとしたものが胸に広がる。

——廊下で倒れてたところを看護師さんに見つけられたって。あとは詳しいことは分からない。

先週の土曜日に見舞ったときは、そんな状態になるような様子など少しも感じなかった。

——私は、これからうちの人と向かう。あんたも、すぐに。

病院へ駆けつけたいのはやまやまだが、番組はもうすぐ始まる。

慌てて家を出る支度をしながらケータイを握っているのだろう。姉の息が上がっている。その声の後ろから「おい、車回すからな」という義兄の声がした。

——姉さん、これから本番なんだよ。

——なんとかならないの？

——なんとかできる手立てがあるなら、オレだってやるさ。

〝いいか、この商売はな、親の死に目にも遭えないかもしれないと覚悟しておけ〟と、新米のときの上司だった向島《むこうじま》部長から言われた言葉が頭を掠《かす》めた。

——親が危ないってときに。あんたはもうっ。

——いや、だからさあ。

ここで言い争ったとしても何をできるわけでもない。

——とにかく、こっちが終わったら飛んでくから。

長いこと悲惨なニュースを伝えてきたせいか、いつしか物事を客観的に捉える癖がついた。母のことも、どうしたものかと焦る反面、どこかニュースの原稿を読んでいるような手触りなのが、我ながら薄情に感じた。

スタジオの入り口で立ち止まり、深呼吸をした。母のことをスタッフに話す気はない。事情を話せば、現場の雰囲気が深刻になるだけだ。それに話したところで、もう手立てはないのだ。

「いよいよ、オーラスっすね」

私に気づいた白崎がそう言って口元を結んだ。

「ああ、きちっと全うしよう」

私たちは打ち合わせに入った。白崎が作った進行台本と、今晩読む葉書をアシスタントから受け取る。すべてはいつもの流れ通りで、母の容態のことも番組が終わることとも関係ない。

放送開始三分前、私はマイクの前に座り、一度、目を閉じると心の中で念じた。母さん、どうにか持ち堪えてくれ……。

――はい、では、そろそろ本番。

白崎の声に続き、十時の時報、そして番組のタイトル曲が流れた。白崎がサブから手を振ってキューを出す。

――今晩は。『こころの焚き火』寺田武《たけし》です。いやあ、今夜は冷え込みますねえ。さて、今夜の一曲目は……。

喋り始めると母のことが頭から消えた。私にも一端《いっぱし》のプロ根性はあるようだ……と、五輪真弓の『恋人よ』を聴きながらふと思った。

番組は坦々と進み、それでもあっという間に一時間が過ぎようとしていた。

――テラさん、オレ、ちょっと泣きそうですよ。

CMの間に、白崎が冗談めかして話し掛けてきた。私は声を発することなく〝泣け〟と、口を動かした。

――ではでは、最後のコメント、ビシッと決めてください。

白崎が最後のキューを振った。

――『こころの焚き火』は本日をもって終了いたします。長い間、お聴きいただき、誠にありがとうございました。思い起こせば数々のお便りに、ときにはほろりとさせられ、ときには大いに笑わされたという日々でした。番組は終了いたしますが、これからもみなさんの身の回りに、些細ではあってもいい出来事がたくさん起こることをお祈りしております。大変、名残惜しいのですが、本当に最後の一曲になってしまいました。この番組をずっと支えてくれた相棒、白崎ディレクターが選んでくれた、この曲でお別れします。尾崎紀世彦さんで『また逢う日まで』。

ブラス系の迫力のあるイントロが始まった。

もう私の声の出番はない。すぐに席を立ち、スタジオを飛び出しても問題はない。しかし、私は番組の終焉を噛《か》み締めるように歌声に耳を傾けた。白崎がオッケーと言うまでは番組は〝生きている〟のだ。

——はい、オッケーです。テラさん、お疲れさまでした。

白崎のその声に私はアナウンサーから、ひとりの息子に戻った。

鞄と上着を摑み、サブに出て「すまん、打ち上げは今度にしてくれ」とだけ白崎に言うと、私はスタジオから出て廊下を走った。

玄関前につけていたタクシーに乗り込み、府中の病院名を告げる。うわずった私の声に運転手は何がしかを悟ったのだろう。「なるべく急ぎます」と答えた。

それでも府中までは、一時間くらいはかかる。

大粒の雨をワイパーが弾く様を見ながら、姉に電話した。

——あ、姉さん、今、車に乗った。で、母さんは……。

——……集中治療室に入ったまま……。

声に落胆の色が滲み出ている。ふと、姉が頭を振る様子が浮かんだ。

「工事かよ」運転手が舌打ちした。

道路工事で迂回を強いられる。急いでいるときに限って、こうして行く手を阻まれる。

「運転手さん、別にいい道ないですか」

私は無力だ。母さん……頼む、がんばってくれ。母さん……。私は膝の上で拳《こぶし》を握りしめた。

〃そんなにバタバタするんじゃないよ、みっともない〃

気のせいだろうか、母の声が聞こえた気がする。

あれは、鉄道の事故現場から初めて中継を任されたときだった。新米アナの私は、現場の雰囲気に呑まれ、見ようによっては、はしゃいでいるかのようにレポートをしてしまった。その中継を見た母に〃人様が酷い目に遭ってるっていうのに、バタバタするんじゃないよ、みっともない〃と、叱られたのだ。私はつい可笑しくなって鼻を鳴らした。全然、進歩してないね、母さん……。

やがて病院の建物が見えてきた。時刻は零時を過ぎていた。

タクシーは病院のエントランスへ滑り込む。予《あらかじ》め財布から抜いておいた一万円札二枚を「お釣りはいりません」と渡し、転げるように車外へ出た。吐く息が白い形になって闇に消えてゆく。

正面玄関は閉ざされていて、夜間診療受付の出入り口に回り込む。大体、集中治療室って、どこなんだ？　小窓から警備員に尋ね、場所を教えてもらったが、病院という建物は迷路のようで要領を得ず、たかが一階の奥にある集中治療室にたどり着くまでに、だいぶ時間を費やした。

静まり返った院内に私の立てるけたたましい靴音が響く。息も絶え絶えの状態で、ドアの前に立つと、中から白衣を着た医師が出てきた。

「母は、寺田サチは？」

医師はゆっくり首を振ると「先程、息を引き取られました」とお辞儀をした。

「そ、そんな……」

俄《にわか》には医師の言葉を受け入れ難く、室内に飛び込んだ。額や首筋、全身の至るところから汗が噴き出した。

姉夫婦と、甥と姪が振り返った。

「武……」

姉がよろよろと近づいてきて、泣きじゃくりながら私にしがみついた。私は姉を支えるように母に近づく。姉家族が私に道を譲るようにベッド脇を空けた。私は座り込んでしまいそうな脱力感に見舞われながら、一歩そして一歩と近づいた。

「母さん……どうして、こんなに急に……」

まるで眠るように横たわる母の顔に向かって問い掛けた。

「どうも、ラジオをね……聴こうとしてた……みたいなのよ」姉がそう言って声を詰まらせた。

「ラジオって、もしかしてオレの？　でもなんで、廊下で倒れてたんだろう？」

姉に訊《き》くと、姉は握ったハンカチで目の辺りを拭《ぬぐ》い、ひとり残っていた中年の看護師に視線を送った。私もそれに釣られるように彼女を見た。

看護師は小さくお辞儀をすると話し始めた。

「私が倒れているお母さんを見つけました。昨日の晩も、十一時前でしたか、自販機コーナーのベンチでラジオを聴いていたんです。私が何をしてるんですかと尋ねると『消灯後にごそごそやるのは他の人の迷惑になるから』っておっしゃってました。ここは寒いからもう寝ましょうねって言うと『息子がやってる番組だから聴いてあげないと』って。もしかして、入院してから毎晩聴いていたんですかって尋ねたら、頷かれて」

　母はリアルタイムで放送を聴いていたのだ。ふと、薄暗く寒いベンチに座り、じっと番組が始まるのを待つ母の姿が浮かんだ。

「一応、規則ですからダメですよと注意しましたら、お母さんは『明日で息子の番組は終わるので、そうしたらちゃんと規則を守りますから許してください』って、頭を下げられて……」

　不意に込み上げてきた感情に目頭が熱くなる。

「それで今晩もラジオを聴くつもりなのだろうと、気にしてはいたんです。消灯時間の少し前に見回りをしようとしていたんですが、ナースコールがあって。で、消灯後に病室を覗いたんです。そうしたらお母さんの姿がベッドになくて。自販機コーナーに行ったら、そこで蹲《うずくま》るように倒れていたんです。今日は夕方からぐんと冷え込んできましたから、それで……」

　オレの放送を聴くために、三十分も前からそんな場所にいるなんて……。おまけに、最後の放送を聴けなかったなんて……ばかじゃないのか。そう心の中で、悪態をつきながら、涙が溢れて止まらなくなった。

息を何度も吸い込んで呼吸を整える。そして最後に大きく吐き出した。

「悪いけど、ちょっとの間だけ、ふたりきりにしてもらえないかな？」

姉家族と看護師にお願いした。彼らは一様に頷くと治療室を出た。

まだ微かに息をしているような母の顔をみつめた。こんなに皺だらけだったかな。

「母さん……」

瘦せて節くれだった指に触れる。まだ温もりがある。きっと魂はまだ近くにいるのだ。

窓の外に目を向けると、何かの鉄塔の先端に光が点滅していた。まるでオンエアーの赤いランプが点いているようだ。

「母さん、いいかい……」

私はベッドに上体を載せると、母の耳元に口を近づけた。

「それでは、最後のお便りを紹介しましょう。寺田武さんからのお便りです。私の母は昔から躾《しつけ》に厳しい人でした。それは私がダメな息子だったからです。物事をすぐに投げ出すような子どもでした。いや、大人になってからもダメでした。でも、あなたに叱られると、なぜか少し嬉しい気もしました。だけど、たまには褒めてほしいときもありました。だから、あなたの容態が悪くなっても、番組を投げ出さずに、我慢してやり遂げました。こんなダメ息子が一端のアナウンサーになれたのは、あなたが日本一の母だからだと思います。あなたに育ててもらったことを本当に感謝していえす。面と向かって言えなかった気持ちを、最後の最後に伝えたいと思います。母さん、ありがとう……」

母さん、聴こえたかい？　ちゃんとオレ、全うしただろう。今度こそ、褒めてくれるかい？

みどりのゆび

吉本ばなな

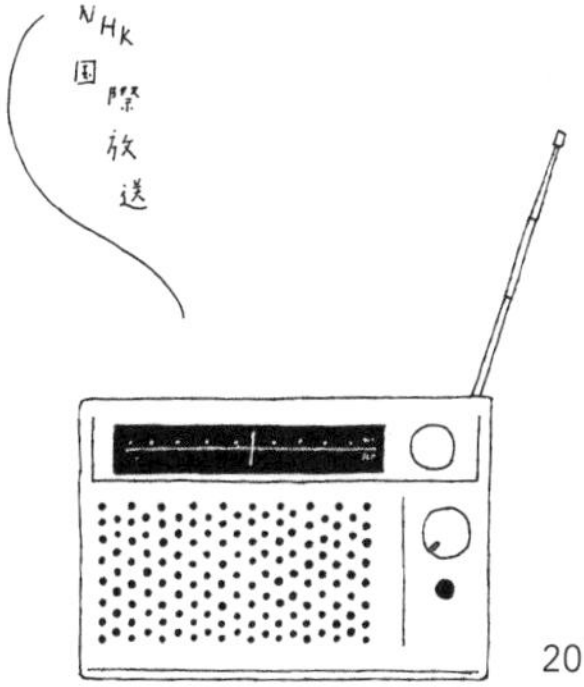

2015年1月24・31日初回放送

吉本ばなな（よしもと ばなな）

1964年東京都生まれ。87年「キッチン」で海燕新人文学賞を受賞しデビュー。88年「ムーンライト・シャドウ」で泉鏡花文学賞、89年『うたかた／サンクチュアリ』で芸術選奨新人賞、『TUGUMI』で山本周五郎賞、95年『アムリタ』で紫式部文学賞、2000年『不倫と南米』でBunkamuraドゥマゴ文学賞を受賞。主な著書に『哀しい予感』『白河夜船』『デッドエンドの思い出』『ふなふな船橋』「吹上奇譚」シリーズや、noteにて配信中のメルマガをまとめた『どくだみちゃんとふしばな』など。

電車の中でうとうとしていたので、半分夢を見ているような感じだった。駅の名を聞いて、慌てて降りた。ホームは冬のきびしい空気ではりつめた感じがしていた。マフラーをしっかりと巻きなおして改札を出た。

タクシーに乗って宿に行ってほしい、と告げたら、運転手さんは場所がわからないと言った。新しい小さな宿だしあまり宣伝もしてないみたいな様子だったのを思い出し、だいたいの住所で降ろしてもらうことにした。

まわりは畑ばっかりで、遠くになだらかな山が見えた。宿を示す小さな看板を見つけて、私はその指示にしたがって、細い坂道を登って行った。

寒さにも慣れてきて、きれいな空気を嬉しく思った。次第に目が覚めてきて、うっすらと汗すらかいていたその時、私は前方に知っている誰かの気配を感じた。

家の前の道路にアロエがはみだして困ったね、という話題が出たのは、去年の冬のことだった。

父も母も私も、妹が三百円で買ってきて庭に植えるところがないからと玄関脇に植えたアロエのことなど、すっかり忘れていた。雑誌か何かの影響を受けて、アロエは万能だ！　だから飲む、とかにきびに貼る、とかしきりに言っていた妹もすぐにそのアロエ熱から覚めて、世話すらしなくなった。しかし、水もろくにやらず、陽当たりもさほどよくなかったのに、アロエは育っていった。育ちすぎて、気づいたら木のようになり、道に大きくはみだし、さらに気色悪い形をした真っ赤な花まで咲かせていた。

その時のことをよく覚えている。生まれ育った家の小さなテーブルを父と妹と私は囲んでいた。いつもの夕方がはじまろうとしていた。

私と妹が幼い頃、うちではみんなそこでいろいろなことをした。ごはんを食べたり、けんかをしたり、TVを観たり、妹とお金を出し合ってケーキを買ってきて食べたりした。デパートの袋に入った母の下着と、今晩のおかずになる干物がいっしょに載っていたりもした。二日酔いの父がそこに突っ伏して寝ていることもあったし、中学生で初めて失恋した妹がワインをあおり、酔っぱらって椅子からずりおちて頭を打ったこともあった。あの小さい四角が家族の象徴だった。生臭く、生ぬるく、柔らかく温かい場所だった。妹は最近嫁に行って家を出ているし、テーブルはそこにあるが、家族全員がそこに集うことはめったにない。母がそこでTVを見ながら編み物をしていることが多い。風景はそうやって変わっていく。

その夕方父は、あのアロエは育ちすぎだ、おとなりさんが駐車場から車を出す時にゆくゆくは迷惑になるんじゃないか、と言い出した。私と妹は植え替えが面倒臭くて聞かないふりをした。植え替えないなら、お父さんが引っこ抜いて捨てるよ、と父は言い、いいんじゃない？　と言って私と妹は雑誌など見はじめた。

そうこうしているうちに、近所のスーパーの袋を両手にさげて、母が帰ってきた。おかえり、と私と妹はほとんど母の顔も見ないでいつものように言った。返事がなかったので、初めて顔を上げ、母の顔色が悪いのに気づいた。どうしたの？　と妹が言った。

「おばあちゃんね、ぎっくり腰で入院したと思ったら、末期の子宮癌が見つかったの。そうとう痛いのにがまんしていたみたい。もう手術しないみたい。」

祖母は近所のマンションの一室でひとり暮らしをしていた。おとといぎっくり腰だというので妹が車を出して入院を手伝ったばかりだった。

ひとりっ子どうしの結婚で親戚付き合いがほとんどないために結束の固いうちの家族は、父を含めて毎日、かわるがわるお見舞いにいった。うちの家族はアロエがどうのこうの言っている場合ではなくなってしまった。祖母は一度は退院したが、また入院した。

ある日、私が祖母の好きなどら焼きを持って行くと、祖母は気持ちよさそうに寝ていた。母から、昨日はお腹が痛いと言って涙を流していてかわいそうだった、と聞いていたので、私はほっとした。

病院というところは、玄関から入った瞬間には居心地が悪くもぞもぞして早く帰りたいと思うが、しばらくいると慣れる。そして、外に出ると、すべてが強烈すぎる感じになる。交差点でいっせいに押し寄せてくる車たちや、永久に生きると思いこんでいる人々の声の大きさや、色の洪水に驚く。そして家につくころには慣れる。行ったり来たりしていると自分が不思議な地点にいることに気づく。小さい頃読んだオルフェの話を思い出す。彼は死の世界の住人になった妻を連れ戻すことができなかった。匂いが違う。生命の発散する濃い匂いはもう、あちらの世界ではただただ押し付けがましい毒々しい尖った匂いに変わってしまう。その反対に死の匂いを人は忌み嫌う。太陽の下に出ると、弱っている人が発散する死の匂いは雪みたいにすぐに溶けてしまうが、そのかすかな匂いは麝香みたいに、遠くからでもかぎわけることができる。弱った同胞を人は恐怖する。自分達の生活が終わってしまうように錯覚する。どちらも慣れてしまえば同じことだというのに。

私が花瓶の花を活けかえていたら、祖母は目を開けて言った。

「うちの鉢植えは元気かしら？」

植物が好きな祖母の大切な鉢植えたちには、私が毎日水やりをしにいっていた。見ればなんということもない植物たちだった。盆栽でもなく、貴重なものでもない。千両や、ジャスミン、そてつ、なんだかわからない豆類の木、おじぎそう、パキラ、カランコエ……それでも毎日水をやっているとその植物たちが祖母を狂おしく求めているのが感じられる気がした。それは妹が産まれるまでは両親が共働きでずっとあずけられていたから、どうしようもないほどおばあちゃん子になってしまった私が感じた幻なのかもしれなかった。祖母の死は私にとって耐え難かった。淋しかった私が足をくっつけて寝た祖母。私の心に何か小さな影がさすと、本人よりもはやく気づいて私の好物のさつまいもの天ぷらを作ってくれた祖母。祖母の関心が日に日にこの世から、私から離れて行く。打ち捨てられた気持ちの植物たちと私は似ていた。だからそう思ったのかもしれない。いつも自分のことよりもおまえたちや私を気にしてくれた人が、やっと自分のことだけ考える時が来たんだよ、と私は水やりをしながら自分を納得させようとしていた。

祖母は少しは話したがすぐ眠ってしまった。毎日寝るようになると、人は急激に影が薄くなっていく。それを感じると胸が苦しかった。人間がずっとくりかえしてきた営みに参加している自分。それを奇妙に遠くから眺める気持ち。

そんな生活に慣れたある午後、母の作った煮物を持って病室を訪ねると、祖母はめずらしく起きていた。

「ねえ、昔はシクラメンが嫌いだったのよ。」

祖母は言った。

「よくそう言っていたよねえ、でも、私もあんまり好きじゃない。なんだか湿っている感じがして。」

「あんたは植物のことがよくわかるね、おばあちゃん、思うの。あんたは植物の仕事が合ってるわよ。ホステスはおやめなさい。」

私が水商売で身をたてているのを祖母はいつも反対していた。ただし私はホステスではなく、父の経営しているバーのバーテンダーだったのだが、いくら説明しても祖母にとっては同じことのようだった。

「おばあちゃんがそう言うなら、考えてみる。でもどうしてシクラメンの話？」

「そこのね、窓にいるでしょ、シクラメン。もう葉ばっかりになっちゃったけどね。この間まで次々に花を咲かせていたのよ。中原《なかはら》さんにもらったんだけどね。はじめは陰気な花だなあ、と思ったの。昔から苦手だったのよ、水をあげるやり方を間違えると、いつもぐんにゃりとなってね、太い茎が虫みたいで、なんていやらしい花だろうって。でも、ここに来て、時間ができたら少し違って見えてきたのよ。あの茎は水を吸い上げるためにあるのね。水をやってから、あの花たちが一所懸命に首をあげてお日さまにあたろうとしているのを見てると、ああ、あんたたち生きてるんだねえ、って退屈しないのよ。時間ができるってそういうことね。もうシクラメンとは友達になったから、あっちではシクラメンも育てられる自信がついたわ。」

「そんなこと言わないで。」

そうやって今まで嫌いだった全てを好きになってしまってから初めて行くところがあるのだろう、と思うのは切なかった。


祖母の意識がほとんどなくなったのは春だった。三日に一回くらい意識が戻ってくる時があったが、ほとんどしゃべれなかった。ああ、誰々ちゃん来たの、と家族の名前を言うくらいだった。

その夕方、祖母の手を握っていた。冷たい手だった。点滴の針であざができて青黒く変わった色をじっと見ていた。口のはしに白く乾くよだれさえも愛しかった。

ふいに、祖母が言った。

「アロエが、切らないで、って言ってるの。」

細い、途切れ途切れの声で、はじめは何のことかわからなかった。

「アロエが、駐車場の、陰で、車に、ふまれて、痛いって。」

「にきびも傷も、なおすから、花も咲かせるから、切らないであげて。」

祖母は夢うつつでまるで誰かの言葉を聞き取るかのように、少しずつ、そう言った。私はぞうっとした。なんで私だけがこれを聞いてしまったんだろう？　と思った。

「それでね、おばあちゃんはあんたにはわかると思うの、そういう感性がね。植物ってそういうものなの。ひとりのアロエを助けたら、これから、いろんなね、場所でね、見るどんなアロエもみんなあんたのことを好きになるのよ。植物は仲間同士でつながっているの。」

一気にそう言うと、祖母は眠った。

すぐに母と妹が看病の交代でやってきたけれど、私はどうしてもそのことが言えなかった。のどがつまったようになって、うまく言葉が出なかった。じゃあ帰るね、と病院を出た。外は晴れて、月が出ていた。みんな優しい顔で家路を急いでいた。車のライトが夢の中の景色みたいに暗い道を照らした。私は無言で祖母の部屋に行き、遅くなってごめん、と言いながら植物たちに水をやった。電気をつけたら部屋にちりばめられている祖母のささやかな人生が蛍光灯の真っ白い光に浮かび上がった。ふかふかの座ぶとん、クリスタルの小さな花瓶。筆と硯、きちんとたたまれた白いエプロン。

海外旅行で買ってきた異国情緒あふるるおみやげが並んだガラスケース、眼鏡、文庫本、小さな金の時計。古い紙のような、祖母の匂い。私はつらくなって電気を消した。するとガラスの向こうには植物たちが息づいていた。外の明かりにふちどられるように、生き生きと緑色だった。さっきやった水の滴がきらきら輝いていた。暗い畳にじっと座ってそれを見ていたら、なんだか少しずつ楽になってきた。これはひとりの人が生きてきたあたりまえの足跡で、悲しくも苦しくもない、どちらかといえば幸せないいものなのだという気がしてきた。悲しみににごった目で見た第一印象で決めるものではないと植物が教えてくれたような気がした。ただ陽を求め、水を求め、愛を求めて生きているだけの美しい生物たちが。

私は家に帰ると、玄関から中に入らずに庭の門の鍵を開けて物置きに行き、シャベルとトロッコを出してきた。そして再度玄関脇に戻り、アロエをていねいに土から掘り出した。根も入れるとものすごい大きさになり、素手だったのでとげが痛かったが、なんとか運んで、庭の昼間陽当たりがいいところに植えた。春の大きな月のおぼろな明かりに照らされて、植え替えの泥にまみれたアロエは生命の力を発散していた。擬人化して「ありがとう」と言っていると言いたいところだったがそんなものではなくて、ただひたすらに生きてあちこちに根をはり、葉を広げていた。それにまた私ははげまされる思いがした。

祖母が死んで、葬式も終わって、私は仕事を続けながら昼間は専門学校に通い、花屋を開くための勉強をすることにした。植木屋はちょっと無理だろうということで判断した将来だった。普通の家の普通の生活を彩る花屋になりたいと思った。花を買う余裕はお金ではなくて心の余裕だといつも祖母は言っていた。祖母の遺言だと言うと、父はいつか店を手放すからお前に継がせてやる、そうなったらそこで花屋をやるとい い、と許してくれた。その前に今の店をやめて花屋に修業にいかなくてはならないし、フラワーアレンジメントも学ばねばならない。突然の転職はやはりきついところもたくさんあるが、根拠があればがんばれるように思えて、先に進むことにした。こつこつと毎日やっていけば、道は開けてくる。なんにせよ、バーテンダーになるときに勉強したように、地味な毎日をくりかえしていくしかなかった。それでももう私の耳からは祖母の最後の言葉は離れなかった。家族のテーブルで無邪気に過ごしながら、アロエの生命をぞんざいに扱える幼いかわいい私にはもういくら振り向いても戻れなかった。私はいつか死ぬ時、ひとりでも、小さな部屋でもいいから、あんな清潔な部屋を遺したいと思った。愛された植物たちが存在する、あの夜の祖母の部屋が私の頭を離れなかった。

たまの休日、だんなが熱をだして妹が来られなくなったのでひとりで旅をすることにした私は、そう、その山の中で何かの気配を感じた。祖母が死んで初めての冬だったが、もう何年も前のことのように遠く思えた。冬のいやみなほどにオレンジな西日に激しく照らされて、私は目を細めてあたりを見回した。なんとなく優しいまなざしで、どこか熱くて、懐かしいものにそっと包まれているような感じがした。

もしかして祖母の幽霊が見えるのではないかと期待した。幽霊でもいいから会いたかったのだ。しかし、私の目に映ったのは、小さな民家の庭にたくさん、ぞっとするほどたくさん、ジャングルのように茂っているアロエだった。

アロエは陽を受けて、私に何か言いたそうにしているように思えた。とげとげした肉厚の葉を冬の空に高く広げ、重なりあい、いくつもの赤くごつごつした花を奇妙に咲かせて、生きている喜びを伝えようとしていた。アロエの愛情に包まれて、私は陽の光の中であたためられているような気がした。そうか、こうやってつながりができていくのか、もうアロエは私にとってどこで見ても見る度にあたたかいものや優しいものにつながっていく。どのアロエも私には等しくあの夜に植え替えたアロエの友達だ。人間と変わらずに縁ができていく、こうしていろいろな植物と私はお互いに見つめあっていくのだ、そう思った。祖母から私が受け継いだものは、たとえ根拠のない迷信のようなものであっても確かに役立っていくその力、よく言われる「みどりのゆび」なのだった。この才能があれば植物はその生命をこの腕の中でぞんぶんに輝かせることができるはずだった。こうやってこの仕事についた人々と私もまた、つながっていくのだ。

昔はそのとげとげを憎らしく思い、日焼けの時にしか使わないのにとぞんざいに扱ってきたその葉に、私は手袋をはずしてそっと触れた。若い緑色はまるで宝石のように輝き、葉は絹のようになめらかにひんやりとしていた。人と握手をしたあとのように元気を出して、私は山道を登っていった。

底本一覧

「仕事始め」「便利な結婚」　『勝手にしゃべる女』角川文庫　二〇一七年刊
「代筆」　『踊る男』角川文庫　二〇一六年刊
「晴れた空の下で」「南ヶ原団地A号棟」
　『つめたいよるに』新潮文庫　一九九六年刊
「旅する本」　『さがしもの』新潮文庫　二〇〇八年刊
「海酒」　『海色の壜』双葉文庫　二〇一七年刊
「綿雲堂」　『夢巻』双葉文庫　二〇一六年刊
「妻が椎茸だったころ」　『妻が椎茸だったころ』講談社文庫　二〇一六年刊
「誕生日の夜」　『独立記念日』ＰＨＰ文芸文庫　二〇一二年刊
「最後のお便り」　『家族の見える場所』双葉文庫　二〇一四年刊
「みどりのゆび」　『体は全部知っている』文春文庫　二〇〇二年刊

双葉文庫

え-10-02

1日《にち》10分《ぷん》のごほうび

ＮＨＫ国際放送《こくさいほうそう》が選《えら》んだ日本《にほん》の名作《めいさく》

2020年3月15日　第1刷発行
2024年7月 4日　第34刷発行

【著者】

赤川次郎《あかがわじろう》　江國香織《えくにかおり》　角田光代《かくたみつよ》　田丸雅智《たまるまさとも》
中島京子《なかじまきょうこ》　原田《はらだ》マハ　森浩美《もりひろみ》　吉本《よしもと》ばなな

【発行者】
箕浦克史

【発行所】
株式会社双葉社
〒162-8540 東京都新宿区東五軒町3番28号
［電話］03-5261-4818(営業部)　03-5261-4831(編集部)
www.futabasha.co.jp（双葉社の書籍・コミックが買えます）

【印刷所】
大日本印刷株式会社

【製本所】
大日本印刷株式会社

【カバー印刷】
株式会社久栄社

【DTP】
株式会社ビーワークス

【フォーマット・デザイン】
日下潤一

ISBN978-4-575-52328-7 C0193
Printed in Japan